雲南茶葉

云南茶叶科研学术丛书

2023 云南茶叶（一）卷

主办单位：云南省农业科学院茶叶研究所
云南省茶业协会

荣誉主编：黄炳生　李学林

顾　　问：张顺高　王平盛　蔡　新　李宗正

主　　编：何青元

副 主 编：陈林波　刘本英　汪云刚　梁名志　陈红伟

编　　委：（排名不分先后）

田易萍　冉隆珣　龙亚芹　刘本英　刘德和　伍　岗

孙云南　何青元　汪云刚　陈红伟　陈　玫　陈林波

陈春林　陈柳滨　罗琼仙　林　松　周玉忠　尚卫琼

唐一春　浦绍柳　夏丽飞　夏　锐　梁名志　曾新生

责任编辑：陈红伟

编辑部地址：云南省昆明市盘龙区北京路 2238 号，云南省农业科学院茶叶研究所
（邮编：650205）
云南省西双版纳州勐海县，云南省农业科学院茶叶研究所
（邮编：666201）

投稿邮箱：yntea165@126.com

云南出版集团

YNK 云南科技出版社

·昆明·

图书在版编目（CIP）数据

2023云南茶叶.（一）卷 / 云南省农业科学院茶叶
研究所编. -- 昆明：云南科技出版社，2023.6
（云南茶叶科研学术丛书）
ISBN 978-7-5587-5016-8

Ⅰ.①2… Ⅱ.①云… Ⅲ.①茶叶—科学研究—云南
Ⅳ.①TS272.5

中国国家版本馆CIP数据核字（2023）第110133号

云南茶叶科研学术丛书：2023云南茶叶（一）卷
YUNNAN CHAYE KEYAN XUESHU CONGSHU：2023 YUNNAN CHAYE（YI）JUAN
云南省农业科学院茶叶研究所　编

出 版 人：温　翔
责任编辑：吴　涯
助理编辑：张翟贤
封面设计：杨林翰
责任校对：秦永红
责任印制：蒋丽芬

书　　　号：ISBN 978-7-5587-5016-8
印　　　刷：昆明美林彩印包装有限公司
开　　　本：787mm×1092mm　1/16
印　　　张：8
字　　　数：200千字
版　　　次：2023年6月第1版
印　　　次：2023年6月第1次印刷
定　　　价：38.00元

出版发行：云南出版集团　云南科技出版社
地　　　址：昆明市环城西路609号
电　　　话：0871-64190978

云南茶叶

云南茶叶科研学术丛书
2023 云南茶叶（一）卷

目　录

云南省古茶树保护条例

（2022年11月30日云南省第十三届人民代表大会常务委员会第三十五次会议通过）

第一章 总 则

第一条 为了有效保护古茶树，规范古茶树的管理和利用，保护生物多样性，促进可持续发展，根据有关法律、法规，结合本省实际，制定本条例。

第二条 在本省行政区域内从事古茶树保护、管理、研究和利用等活动，适用本条例。

本条例所保护的古茶树是指树龄100年以上的野生茶树和栽培型茶树。

自然保护区、国家公园、风景名胜区内古茶树的保护，同时适用有关法律、行政法规。

第三条 古茶树的保护管理和研究利用应当遵循保护优先、科学管理、有序开发、可持续发展的原则，兼顾生态效益、经济效益和社会效益协调发展。

对古茶树的保护管理和研究利用，应当维护古茶树所有权人和经营权人的合法权益。

第四条 行政区域内有古茶树的县级以上人民政府应当将古茶树保护纳入国民经济和社会发展总体规划、国土空间规划，统筹资金用于古茶树的保护、管理、研究。

第五条 行政区域内有古茶树的县级以上林业草原主管部门负责本行政区域内古茶树的保护管理工作。

县级以上农业农村、生态环境、自然资源、住房城乡建设、文化和旅游等有关部门按照职责，做好古茶树保护有关工作。

乡（镇）人民政府、街道办事处负责做好辖区内古茶树保护相关具体工作，鼓励和引导村（居）民委员会制定村规民约、居民公约保护古茶树。

第六条 行政区域内有古茶树的县级以上林业草原主管部门应当会同农业农村、生态环境、自然资源、财政等主管部门编制古茶树保护专项规划，报本级人民政府批准后实施。

第七条 各级人民政府应当组织开展古茶树保护宣传教育工作，普及古茶树知识，提高全社会对古茶树的保护意识。

每年5月21日为古茶树保护宣传日。

第八条 公民、法人和其他组织有权对侵占或者危害古茶树及其生长环境的行为进行举报。

第九条 鼓励社会资本投入、参与古茶树保护和合理利用。

第十条　行政区域内有古茶树的县级以上林业草原主管部门应当制定普查方案，定期组织对辖区内的古茶树进行调查、登记，建立古茶树资源目录，报本级人民政府批准后向社会公布。

古茶树调查、登记的标准和程序由省级林业草原主管部门会同农业农村、自然资源主管部门组织制定。

第十一条　在古茶树集中分布区域，县级人民政府应当划定保护范围，设置保护标志，向社会公布。

跨行政区域的古茶树保护范围，由有关县级人民政府共同划定。

古茶树保护范围划定后，应当报上一级林业草原主管部门备案。

对零星分布的古茶树，县级林业草原主管部门应当会同农业农村主管部门确定保护范围，设置保护标志，挂牌保护。

第十二条　古茶树权属明确的，由所有权人承担具体养护责任。所有权和经营权分离的，由所有权人与经营权人约定养护责任，没有约定的，由经营权人承担养护责任。

第十三条　行政区域内有古茶树的县级以上林业草原主管部门应当会同农业农村主管部门，按照分类分级管理原则，制定古茶树保护技术规范，开展技术培训和指导。

鼓励和引导古茶树所有权人、经营权人按照保护技术规范对古茶树进行科学施肥、修剪、防治病虫害、合理采摘。

第十四条　行政区域内有古茶树的县级人民政府应当对有害生物、土壤、气象等进行动态监测，根据监测情况保护和改善古茶树生长环境。

第十五条　行政区域内有古茶树的县级以上人民政府应当按照相关规划开展古茶树区域生态修复，坚持自然恢复为主，人工修复为辅，维护原有地形地貌和生物物种。

鼓励和支持古茶树所有权人、经营权人保护古茶树生长环境，维护古茶树生长环境的生物多样性。

第十六条　省级林业草原、农业农村主管部门可以根据需要建立种质资源库、种质资源保护区、种质资源保护地。

鼓励和支持科研机构、大专院校和企业依法建立古茶树种质资源库、种质资源圃、种质繁育基地、基因库，开展古茶树种质资源研究利用，培育新优茶树品种。

第十七条　禁止外国人在本省行政区域内采集或者收购古茶树的籽粒、果实、根、茎、苗、芽、叶、花等种植材料或者繁殖材料。

外国人在本省行政区域内对古茶树进行野外考察，应当依法办理有关手续。

第十八条　在古茶树保护范围内从事下列活动的，应当依法办理相关手续，并采取有效保护措施，避免古茶树受到损害：

（一）新建、改建、扩建建（构）筑物；

（二）开发建设旅游项目；

（三）探矿、采矿；

（四）开展科学研究、考察、教学实习、影视拍摄。

第十九条　禁止下列危害古茶树及其生长环境的行为：

（一）擅自砍伐、移植古茶树；

（二）对古茶树刻划、折枝、挖根、剥皮；

（三）在古茶树保护范围内使用危害古茶树的生长调节剂、化学除草剂；

（四）破坏古茶树保护范围内的伴生树木或者种植影响古茶树生长的经济林木、农作物；

（五）在古茶树保护范围内挖沙、采石、取土，使用明火，排放废气、废水，倾倒、堆放废渣；

（六）擅自移动、破坏古茶树保护标志或者挂牌。

第二十条　因科学研究或者国家和省的重点工程建设、大型基础设施建设等特殊原因需要移植古茶树的，应当报有审批权的林业草原主管部门批准。

经批准移植古茶树的，应当严格按照申请的用途进行移植，不得擅自改变用途或者转让。

第二十一条　古茶树死亡的，县级以上林业草原主管部门应当及时组织确定，查明原因和责任后注销档案，并报本级人民政府备案。

第二十二条　行政区域内有古茶树的县级以上人民政府应当制定古茶树开发利用扶持政策，引导行政区域内的茶叶企业和茶叶专业合作组织等规范运作，推动古茶树茶产业和其他产业融合发展。

第二十三条　行政区域内有古茶树的县级以上人民政府鼓励和支持开展地理标志产品保护，注册地理标志证明商标。

鼓励和支持创立自主知识产权的古茶树产品品牌，合理利用古茶树资源，培育古茶树资源产业链，提升产品市场竞争力。

第二十四条　行政区域内有古茶树的县级以上人民政府应当加强对古茶树文化遗产的保护与传承，挖掘古茶树文化、生态和历史人文价值；根据古茶树所在地的自然风光、民俗风情、历史文化、村镇建设、研学旅行等，统筹规划利用古茶树特色旅游资源。

鼓励单位和个人依法开展茶文化展示、宣传、推介和对外交流。

第二十五条　省人民政府应当构建古茶树大数据管理平台，实现古茶树信息公开，支持开展古茶树产品追溯。

第二十六条　违反本条例第十七条第一款规定的，由县级以上林业草原、农业农村主管部门没收所采集、收购的古茶树种植材料或者繁殖材料，可以并处1万元以上5万元以下罚款。

第二十七条　违反本条例第十九条规定的，由县级以上林业草原、农业农村主管部门按照以下规定予以处罚；造成损失的，依法赔偿；违反治安管理处罚法的，由公安机关依法处罚；构成犯罪的，依法追究刑事责任：

（一）对古茶树刻划、折枝、挖根、剥皮的，责令停止违法行为，造成古茶树损害的，责令聘请专业人员对受损害树体实施救治，所需费用由违法者承担，可以并处树木价值1倍以上5倍以下罚款；

（二）破坏古茶树保护范围内的伴生树木或者种植影响古茶树生长的经济林木、农作物的，责令停止违法行为，限期修复，可以并处恢复费用1倍以上3倍以下罚款；

（三）在古茶树保护范围内挖沙、采石、取土的，责令停止违法行为，限期修复，可以并处恢复费用1倍以上3倍以下罚款；造成古茶树损害的，可以并处树木价值1倍以上5倍以下罚款；使用明火的，责令停止违法行为，处200元以上1000元以下罚款；

（四）擅自移动、破坏古茶树保护标志或者挂牌的，由县级林业草原、农业农村主管部门恢复保护标志或者挂牌，所需费用由违法者承担。

第二十八条 各级人民政府和部门有关工作人员在古茶树保护管理工作中，滥用职权、玩忽职守、徇私舞弊的，依法给予处分；构成犯罪的，依法追究刑事责任。

第二十九条 违反本条例规定的其他行为，法律、法规有规定的，从其规定。

第三十条 本条例自2023年3月1日起施行。

137份茶树人工杂交 F_1 代单株表型性状及遗传多样性分析

邓少春　田易萍　陈林波　陈春林　庞丹丹　徐丕忠　包云秀　朱兴正[*]

（云南省农业科学院茶叶研究所/云南省茶学重点实验室，云南勐海，666201）

摘　要：为探究茶树人工杂交F_1代单株表型性状的遗传变异特征，为杂交后代早期选择提供依据，以"金萱（♀）×云茶1号（♂）"人工杂交F_1代的137个单株为试验材料，对其芽叶表型性状多样性进行研究。结果表明：12个性状的变异系数为6.37%～32.84%，其中，叶长叶宽比的变异系数最小，仅为6.37%，而叶面积、芽重、一芽二叶重和一芽三叶重的变异系数均较大，分别为32.84%、32.66%、31.10%和30.89%；各性状均具有较好的连续性正态分布趋势；12个性状在F_1代的中亲优势率为-0.53%～0.01%，超亲优势率为-0.69%～-0.03%，其中叶长叶宽比的中亲优势值为正值，且相对遗传力为正向显性；66对相关性分析中有56对达到极显著水平（$P<0.01$），2对达到显著水平（$P<0.05$）；系统聚类将F_1代的137个单株分为2个类群，其中第2个类群分为2个亚类，聚类结果充分反映了各类群的特征。

关键词：茶树；F_1代；人工杂交；芽叶；表型性状；遗传多样性

金萱（*Camellia sinensis* cv. Jinxuan）为灌木型、中叶类、中早生茶树品种，选育自台湾省，在广东、广西、福建等地引种较多[1,2]，适制乌龙茶，兼制绿茶。云茶1号（*Camellia sinensis* var. *assamica* cv. Yuncha 1）为乔木型、大叶类、早生无性系茶树品种，从云南省元江细叶糯茶群体品种中采用单株育种法育成，在云南西双版纳、普洱、保山等州（市）有种植，适制红茶、绿茶、普洱茶。金萱与云茶1号芽叶表型差异较大[3]。

杂交育种是否成功，取决于杂种优势是否在杂交后代中充分显现[4,5]，同时，培育一个新品种要建立在对杂交后代表型性状及遗传规律研究的基础上，因此，杂交育种是创制新种质及发掘新变异的最有效方法[6~8]。近年来，我国科研人员对于杂交育种及其遗传规律的研究进行了不断地探索，取得了一些显著成绩[9]。王治会等[10]对17份黄金菊自然杂交后代单株的23项表型性状的变异与多样性进行研究，结果表明单株的性状变异较丰富；部分单株的简单儿茶素和游离氨基酸含量表现为显著提高，而总儿茶素、酯型儿茶素及茶多酚含量表现为显著降低。杨军等[11]为实现茶树种质资源的系统分类，利用17对SSR引物对94个茶树种质资源的亲缘关系、遗传多样性与群体结构进行分析，结果将这94个

注：★为通信作者。

茶树种质分为3个类群，分别为闽南高香资源类群属性、闽北乌龙茶种质资源类群属性、乌龙茶与绿茶种质资源混合类群属性。王小萍等[12]为了明确古蔺野生大茶树资源的叶表型多样性，对古蔺县139份野生大茶树资源（7个天然居群）叶片18个表型性状的遗传多样性进行分析，结果显示，野生大茶树资源叶片性状变异丰富，各性状在各居群间的变异系数最大值均超过10%，UPGMA聚类分析结果显示，7个居群亲缘关系较近。

芽叶能为植物的生长发育及开花结实提供充足的养分保障，是植物最重要的农艺性状之一。相关研究表明，经济型树种的品质和产量与芽叶性状之间存在较大的关联[13~15]，要对杂交后代进行早期预筛和鉴定，芽叶性状表型特征的鉴定是必不可少的环节[16~18]。本试验分别以中叶种金萱和大叶种云茶1号为母本和父本进行杂交，得到137份杂交后代材料，对这些材料及其父母本的芽叶特征进行观测和分析，并对其遗传规律进行总结和探究，以期了解大中叶种亲代和子代的表型特征及遗传变异规律，为茶树杂交育种提供理论指导。

1 材料与方法

1.1 试验材料

以云南省农业科学院茶叶研究所试验基地栽种的金萱（♀）、云茶1号（♂）及其人工杂交育成的 F_1 代单株为材料（编号1~137）。

1.2 试验方法

以茶树种质资源数据质量控制规范为参考[19]，于春、夏、秋三季调查供试材料的芽叶性状，并于冬季采茶结束时调查成熟叶性状。对芽叶表型数量性状共12个指标进行测量和统计。

相对遗传力：假设基因的加性效应严格控制子代的遗传特性，对应的相对遗传力为 a_1、a_2，则大值亲本表现型平均值的相对遗传力 $a_1 = (F_1 - P_2) / (P_1 - P_2)$，小值亲本表现型平均值的相对遗传力 $a_2 = (P_1 - F_1) / (P_1 - P_2)$，其中 P_1 为大值亲本，P_2 为小值亲本[20]。

杂种优势：超亲优势表示为 H_b、中亲优势表示为 H_m、超亲优势率表示为 RH_b、中亲优势率表示为 RH_m。子代某一性状的平均值表示为 F_m、双亲平均值表示为 MPV，双亲中较大亲本值表示为 BPV。计算公式如下：$H_b = F_m - BPV$，$H_m = F_m - MPV$，$RH_b = (H_b / BPV) \times 100$[2]，$RH_m = (H_m / MPV) \times 100$。

1.3 数据处理与分析方法

利用IBM SPSS Statistics 26和Microsoft Excel 2016进行正态性检验、频率分析、方差分析、描述统计和聚类分析，叶片表型遗传变异使用CV（变异系数）和H'（Shannon-Weaver遗传多样性指数）进行评价，叶片表型组间相关程度和方向用Pearson's相关系数'来度量，芽叶表型性状的遗传模型使用杂种优势理论和相对遗传力进行分析。

2 结果与分析

2.1 离散特征

由表1可知，人工杂交 F_1 代12个芽叶表型性状的遗传多样性丰富，变异系数为6.37%~32.84%，极大值与极小值的比值为1.48~9.19，变异系数超过10%的性状有11个。叶面积、芽重、一芽二叶重和一芽三叶重的变异系数均超过30%，变异较大；其余性状除叶长叶宽比、芽长、一芽一叶长外变异系数均在15%~30%，为中等变异水平。叶面积的标准差最大，群体

中极易出现极值个体，芽重的标准差最小。从图1可以看出，各表型性状均符合多基因控制数量性状遗传特征，具有较好的连续性正态分布趋势。

表 1　芽叶表型性状在 F_1 群体分离的特征值

性状	极小值	极大值	均值	标准差	变异系数（%）
叶长（cm）	5.56	16.40	8.90	1.47	16.50
叶宽（cm）	2.58	7.15	4.02	0.64	15.94
叶面积（cm²）	10.04	82.23	25.75	8.46	32.84
叶长叶宽比	1.85	2.73	2.22	0.14	6.37
芽长（cm）	1.42	3.10	2.18	0.31	14.24
芽重（g）	0.02	0.13	0.06	0.02	32.66
一芽一叶长（cm）	1.88	3.97	2.83	0.39	13.96
一芽一叶重（g）	0.08	0.36	0.17	0.05	27.77
一芽二叶长（cm）	2.80	6.16	4.15	0.64	15.43
一芽二叶重（g）	0.20	1.17	0.43	0.13	31.10
一芽三叶长（cm）	4.41	10.08	6.69	1.16	17.28
一芽三叶重（g）	0.16	1.47	0.81	0.25	30.89

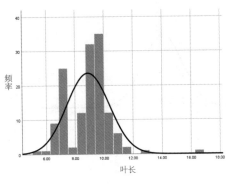

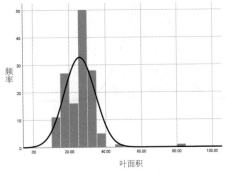

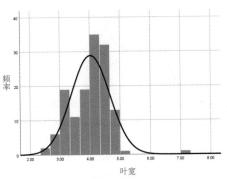

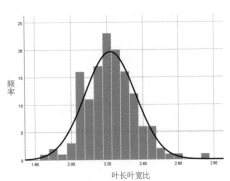

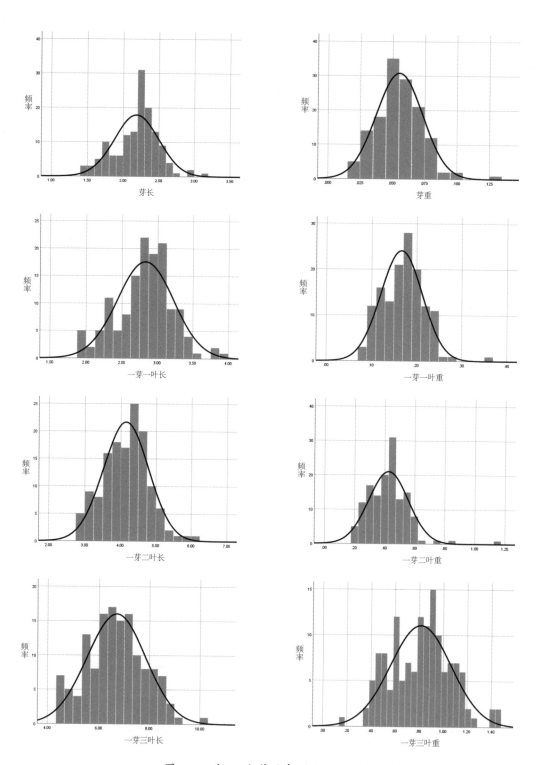

图 1　F_1 代 12 个芽叶表型性状的频率分布

表2　F₁代芽叶表型性状的相关性分析结果

性状	叶长	叶宽	叶面积	叶长叶宽比	芽长	芽重	一芽一叶长	一芽一叶重	一芽二叶长	一芽二叶重	一芽三叶长	一芽三叶重
叶长	1.000											
叶宽	0.920**	1.000										
叶面积	0.969**	0.961**	1.000									
叶长叶宽比	0.261**	−0.135	0.077	1.000								
芽长	0.630**	0.565**	0.555**	0.216*	1.000							
芽重	0.527**	0.551**	0.491**	0.000	0.792**	1.000						
一芽一叶长	0.629**	0.570**	0.555**	0.201*	0.980**	0.812**	1.000					
一芽一叶重	0.602**	0.630**	0.563**	−0.014	0.875**	0.877**	0.876**	1.000				
一芽二叶长	0.600**	0.569**	0.545**	0.131	0.920**	0.793**	0.953**	0.873**	1.000			
一芽二叶重	0.544**	0.583**	0.514**	−0.047	0.750**	0.748**	0.760**	0.878**	0.786**	1.000		
一芽三叶长	0.567**	0.545**	0.516**	0.110	0.805**	0.697**	0.835**	0.801**	0.939**	0.781**	1.000	
一芽三叶重	0.621**	0.643**	0.579**	−0.001	0.748**	0.764**	0.763**	0.894**	0.825**	0.874**	0.847**	1.000

注：**表示在0.01水平相关性显著；*表示在0.05水平相关显著

2.2　相关性分析

由表2可知，12个芽叶性状间的66对相关性分析中，有56对达到极显著水平（P＜0.01），有2对达到显著水平（P＜0.05），相关系数在0.85以上的有14对，达极显著水平，相关程度极高。其中，叶长叶宽比与一芽二叶长、一芽三叶长呈正向弱相关关系；叶长叶宽比与叶宽、一芽一叶重、一芽二叶重、一芽三叶重呈负相关关系；而叶长叶宽比与芽重则不存在直线相关关系。

2.3　杂种优势表现

如表3所示，金萱和云茶1号杂交得到的F₁代单株叶长、芽重、一芽一叶重、一芽二叶重、一芽三叶长、一芽三叶重为负向显性；仅叶长叶宽比的遗传方向为正向显性；叶宽、叶面积、芽长、一芽一叶长、一芽二叶长的相对遗传力表现为负向超显性。从父母本相对F₁代的遗传力强弱来看，父本云茶1号在叶长叶宽比、芽长、芽重、一芽一叶重、一芽二叶长、一芽二叶重、一芽三叶长、一芽三叶重9个表型性状中的相对遗传力强于母本，母本金萱在叶长、叶宽、叶面积三个性状中的相对遗传力强于父本。另外，12个性状在F₁代的中亲优势率为−0.53%～0.01%，超亲优势率为−0.69%～−0.03%，其中叶长叶宽比的中亲优势值为正值。

表3　F₁代芽叶表型性状的杂种优势表现

表型性状	父本（♂）	母本（♀）	F₁	中亲优势	中亲优势率（%）	超亲优势	超亲优势率（%）	相对遗传力 a_1	相对遗传力 a_2	子代表现
叶长（cm）	16.40	8.85	8.84	−3.78	−0.30	−7.56	−0.46	0.00	1.00	负向显性
叶宽（cm）	7.15	4.20	4.00	−1.68	−0.30	−3.15	−0.44	−0.07	1.07	遗传特性较复杂
叶面积（cm²）	82.23	26.04	25.34	−28.80	−0.53	−56.89	−0.69	−0.01	1.01	遗传特性较复杂
叶长叶宽比	2.30	2.11	2.22	0.02	0.01	−0.08	−0.03	0.59	0.41	正向显性
芽长（cm）	2.29	3.10	2.18	−0.52	−0.19	−0.92	−0.30	−0.14	1.14	遗传特性较复杂
芽重（g）	0.05	0.13	0.05	−0.03	−0.37	−0.07	−0.57	0.07	0.93	负向显性
一芽一叶长（cm）	2.96	3.97	2.82	−0.65	−0.19	−1.15	−0.29	−0.14	1.14	遗传特性较复杂
一芽一叶重（g）	0.15	0.36	0.16	−0.09	−0.36	−0.20	−0.55	0.07	0.93	负向显性
一芽二叶长（cm）	4.29	5.77	4.13	−0.89	−0.18	−1.63	−0.28	−0.10	1.10	遗传特性较复杂
一芽二叶重（g）	0.36	0.86	0.42	−0.19	−0.31	−0.44	−0.51	0.13	0.87	负向显性
一芽三叶长（cm）	6.53	8.58	6.67	−0.88	−0.12	−1.90	−0.22	0.07	0.93	负向显性
一芽三叶重（g）	0.65	1.47	0.81	−0.26	−0.24	−0.67	−0.45	0.19	0.81	负向显性

2.4 聚类分析

由系统聚类分析结果（图2）可知，父母本及F₁代群体在遗传距离为25处可划分为2个类群，其中第1个类群仅包括2个单株，占群体的1.44%，第2个类群分为2个亚类，分别包括1个单株和136个单株，占群体的98.56%。母本金萱被分在了第1类群，而父本云茶1号则被划分在第2类群。结合137份供试材料的芽叶数量性状可以看出，第1类群的芽长、芽重、一芽一叶长、一芽一叶重、一芽二叶长、一芽二叶重、一芽三叶长、一芽三叶重等8个指标均高于第2类群；而叶长、叶宽、叶面积、叶长叶宽比等4个指标均低于第2类群，尤其是叶面积，比第2类群低59.02%。

3　讨论与结论

杂交育种是目前较为有效的获得植物新品系和突破性品种的方法之一，前人研究表明，杂交后代不同群体之间具有性状分离的特征，且性状出现大幅度变异的可能性较大[21~23]。在本研究中，12个芽叶性状均具有大幅变异的特征，说明F₁代具有较高的离散程度，表型多样性和变异水平也较为丰富，这为下一步选择优良单株提供了方向和材料。

杨亚军[24]对茶树叶片形态数量性状的研究发现，基因型重组决定了无性后代的叶片小于有性杂交后代，且杂交后代具有与母本更相近的表型特征，且叶宽与叶面积表型具有很大的相关性，叶宽具有比叶长更高的遗传力。本研究结果表明，母本在叶长、叶宽、叶面积这三个性状中的相对遗传力强于父本，这与杨亚军[24]的结论一致；但通过计算父母本相对遗传力，发现叶宽的遗传特性较复杂，F₁代叶长、叶宽与叶面积均呈极显著正相关，且相关系数大小相当，这与杨亚军[24]的结论有差异。

在本研究中，云茶1号和金萱分别作为父母本，杂交得到的F₁代单株在12个性

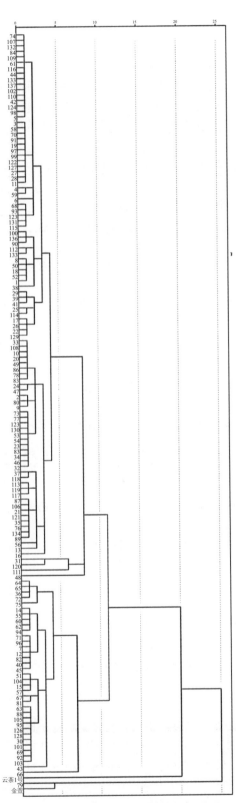

图 2 杂交 F_1 代单株系统聚类分析结果

状上的表现为：9个性状表现为亲父特征，3个性状表现为亲母特征；6个性状遗传方向为负向显性，1个性状遗传方向为正向显性，5个性状的相对遗传力表现为负向超显性。说明云茶1号和金萱杂交后代各性状的遗传特性较复杂，出现变异的几率较大，可进一步扩大表型测定范围及F_1代单株数量，以获得更多变异类型及具有优良性状的F_1后代。

本研究的系统聚类分析结果将F1代群体划分为2个类群，其中第1个类群仅包括2个单株，其明显特征为叶面积偏小，叶片大小为中小叶，这为进一步挖掘茶树抗寒品种、选育不同产茶区适应性品种提供了思路，在今后的遗传测定和种质资源开发利用中应当予以特别关注。另外，在系统聚类时，父母本被分为了两个不同类群，说明父母本的性状差异较明显，可在杂交育种及特异资源培育方面加以利用。

参考文献：

[1] 陈常颂, 钟秋生, 游小妹, 等. 茶树品种金萱的引进与应用总结[J]. 茶叶科学技术, 2010(4): 24−26.

[2] 张晓菊, 崔飞龙. 金萱茶研究进展[J]. 蚕桑茶叶通讯, 2016(2): 21−23.

[3] 梁名志, 田易萍. 云南茶树品种志[M]. 云南: 云南科技出版社, 2012.

[4] 王新超, 王璐, 郝心愿, 等. 中国茶树遗传育种40年[J]. 中国茶叶, 2019, 41(5): 1−6.

[5] 陈亮, 杨亚军, 虞富莲. 中国茶树种质资源研究的主要进展和展望[J]. 植物遗传资源学报, 2004, 5(4): 389−392.

[6] 蒋双丰, 吕未, 冯雨, 等. 信阳茶树杂交育种研究[J]. 农业科技通讯, 2020(10): 218−222, 225.

[7] 刘祖生, 梁月荣, 周巨根. 茶树育种与

遗传研究50年基本总结[J]. 茶叶, 2005, 31(1): 3-8.

[8] 李家光. 从杂交育种原理分析云南大叶茶资源的运用[J]. 中国茶叶, 1982(6): 12-13.

[9] 董丽娟. 茶树杂交育种研究进展[J]. 茶叶科学, 2001, 21(1): 7-10.

[10] 王治会, 彭华, 杨普香, 等. 17份黄金菊茶树自然杂交单株的表型变异与资源价值评价[J]. 浙江农业学报, 2021, 33(2): 298-307.

[11] 杨军, 孔祥瑞, 王让剑, 等. 金牡丹自然杂交后代遗传差异分析[J]. 茶叶科学技术, 2014(4): 32-36.

[12] 王小萍, 唐晓波, 彭海, 等. 古蔺野生大茶树资源叶表型多样性研究[J]. 安徽农业科学, 2018, 46(8): 1-6.

[13] 张晓菊, 崔飞龙. 金萱茶研究进展[J]. 蚕桑茶叶通讯, 2016(2): 21-23.

[14] 叶创兴. 天然无咖啡因可可茶引种与驯化——开发野生茶树资源的研究[M]. 北京: 清华大学出版社, 2019.

[15] 刁松锋, 李芳东, 段伟, 等. 柿杂交F_1代叶表型遗传多样性研究[J]. 中国农业大学学报, 2017, 22(2): 32-44.

[16] 王雷存, 万怡震, 高华, 等. "富士×嘎啦"F_1代杂种苗早期选择试验[J]. 西北林学院学报, 2010, 25(2): 80-82.

[17] 张小猜, 赵政阳, 樊红科, 等. 苹果杂种F_1代叶片性状分离及早期选择研究[J]. 西北农业学报, 2009, 18(5): 228-231.

[18] 赵爽, 任俊杰, 石鹤飞, 等. 早实核桃叶片性状遗传规律研究[J]. 植物遗传资源学报, 2015, 16(3): 659-663.

[19] 陈亮, 杨亚军, 虞富莲, 等. 茶树种质资源描述规范和数据标准[M]. 北京: 中国农业出版社, 2005.

[20] 罗莉, 黄亚辉, 曾贞, 等. 茶树远缘杂交F_1代叶片表型遗传变异研究[J]. 2020, 12(4): 568-575.

[21] 王东雪, 曾雯珺, 江泽鹏, 等. 油茶F_1代苗期叶表型性状遗传多样性研究[J]. 西北林学院学报, 2019, 34(1): 113-118.

[22] 魏永成, 李周岐, 李煜, 等. 杜仲杂交子代苗期表型性状的遗传分析[J]. 西北农林科技大学学报, 2012, 40(8): 137-143.

[23] 李春明, 严冬, 夏辉, 等. 毛白杨种内杂交无性系苗期生长量及叶片性状变异研究[J]. 植物研究, 2016, 36(1): 62-67.

[24] 杨亚军. 茶树天然杂种叶片的遗传变异[J]. 中国茶叶, 1985(2): 6-7.

——原载于《山东农业科学》2022年第2期

基金项目： 国家自然科学基金地区科学基金项目"茶树杂交F_1代的GWAS分析及重要品质性状基因的挖掘"（31860226）；安徽农业大学茶树生物学与资源利用国家重点实验室开放基金"云南大叶茶树内源激素与扦插生根关系研究"（SKLTOF20190124）

茶树品种"紫娟"及其诱变后代生化成分分析和聚类分析

仝佳音　田易萍　邓少春　杨方慧　张艳梅　陈春林*　汤海昆
（云南省农业科学院茶叶研究所，云南昆明，650205）

摘　要：对茶树品种紫娟及其诱变后代进行生化成分分析和聚类分析，结果表明，春季、夏季紫娟及其诱变后代的生化成分含量各有差异，其中两季变异系数最大的是花青素含量，都达到70%以上。通过微卫星标记进行遗传多样性分析，结果表明：紫娟与诱变后代相比，其遗传距离都大于0.7，其中亚群诱变后代ZJ07和ZJ15号之间的遗传距离最大达到0.9以上。生化成分分析和聚类分析都表明：紫娟及其诱变后代遗传多样性较丰富，特别是茶多酚的含量及变异系数，其中春茶的变异系数为13.99%，夏茶的变异系数最低为6.57%，因此可以得出，样本间的遗传距离越大，茶多酚的含量越高。

关键词：茶树品种；紫娟；遗传距离；生化成分；遗传多样性

近年来，为了更好地保护种质资源，提高育种效率，国内外学者在作物遗传距离、生化品质、分子标记等方面做了大量的研究工作[1]。其中，采用多元统计法进行遗传距离分析是应用较广的分析方法之一。根据已有的报道，对玉米、小麦、水稻、棉花等作物采用多元分析法测定与产量有关的数量性状的遗传距离，作为衡量类群间遗传差异的一种度量，在选配杂交亲本和预测杂种优势等方面均取得一定成效，但在茶树及其诱变后代的育种研究上相对较少。

"紫娟"是云南省农业科学院茶叶研究所选育的特异茶树品种，属于普洱茶变种[2]，不仅具有大叶种茶的优势，而且还有其独特的品质特征，具有较高的科研价值和经济价值，深受广大消费者的喜爱，

为此，利用紫娟及其诱变后代这些珍贵的资源，分析紫娟及其诱变后代的主要生化成分差异，以期找出其遗传多样性规律，为将来诱变茶树育种提供理论基础。

1　材料与方法

1.1　材料

选用云南省农业科学院茶叶研究所试验基地的茶树品种紫娟及诱变代共21份材料，为试验材料，主要有：紫娟（CK）、ZJ01、ZJ02、ZJ03、ZJ04、ZJ05、ZJ06、ZJ07、ZJ08、ZJ09、ZJ10、ZJ11、ZJ12、ZJ13、ZJ14、ZJ15、ZJ16、ZJ17、ZJ18、ZJ19、ZJ20；其中，因无法采摘到实验检测用量而缺失的样本有：春茶5个，分别为ZJ08、ZJ09、ZJ16、ZJ18、ZJ19；夏茶6个，分别为ZJ01、ZJ02、ZJ10、ZJ11、

注：★为通信作者。

ZJ08、ZJ12，采摘标准为春夏两季一芽二叶，制备蒸青样，粉碎后检测。

1.2 方法

1.2.1 常规生化成分检测

花青素测定采用FB/LH 003—2010进行；水浸出物测定采用GB/T 8305—2013进行；茶多酚测定采用GB/T 8313—2018进行；游离氨基酸测定采用GB/T 8314—2013；咖啡碱测定采用GB/T 8312—2013进行。

1.2.2 数据处理分析

遗传多样性分析有关计算原理和方法参照董玉琛等[3]的方法进行，分析过程中涉及到的计算公式为：变异系数（离散系数）$CV=\sigma/\mu$，其中σ和μ分别为表型值的标准差和均值。通过计算各品种间的相似性系数，并用分层聚类法[4]对20份材料进行聚类，结合遗传距离，对品种间的相似度进行了系统评价。

2 结果与分析

2.1 紫娟及其诱变后代生化成分含量分析

由表1可知，春季紫娟诱变后代的花青素含量超过10%的有3份材料，分别为ZJ-12、ZJ-13、ZJ-15，其中诱变后的ZJ-12花青素含量超过对照紫娟；水浸出物含量超过紫娟的共有8份材料，分别为ZJ-03、ZJ-05、ZJ-06、ZJ-07、ZJ-12、ZJ-13、ZJ-14、ZJ-17；茶多酚含量超过紫娟的有10份材料，分别为ZJ-03、ZJ-04、ZJ-06、ZJ-07、ZJ-10、ZJ-13、ZJ-14、ZJ-15、ZJ-17、ZJ-20；游离氨基酸含量超过紫娟的有7份材料，分别为ZJ-01、ZJ-02、ZJ-04、ZJ-07、ZJ-10、ZJ-11、ZJ-12；咖啡碱含量超过紫娟的有5份材料，分别为ZJ-02、ZJ-06、ZJ-03、ZJ-12、ZJ-15。

由表2可知，紫娟及其诱变后代夏茶花青素的含量总体高于春茶，其中含量大于10%的有4份资料，分别为ZJ-13、ZJ-15、ZJ-17、ZJ-20；水浸出物含量超过紫娟的共9份材料，分别为ZJ-04、ZJ-05、ZJ-06、ZJ-07、ZJ-09、ZJ-14、ZJ-15、ZJ-16、ZJ-17；茶多酚含量超过紫娟的有6份材料，分别为ZJ-04、ZJ-05、ZJ-06、ZJ-07、ZJ-09、ZJ-15；游离氨基酸含量超过紫娟的有4份材料，分别为ZJ-07、ZJ-13、ZJ-14、ZJ-20；咖啡碱含量超过紫娟的只有1份材料，为ZJ-06。

表1 春季紫娟及其诱变后代15份材料的生化成分含量 （单位：%）

样本	花青素	水浸出物	茶多酚	游离氨基酸	咖啡碱
ZJ-01	1.6	50.6	16.1	4.2	3.2
ZJ-02	7.4	51.8	18.6	3.5	3.7
ZJ-03	2.3	53.8	20.0	2.9	3.6
ZJ-04	1.8	52.4	21.0	3.3	3.5
ZJ-05	5.5	53.3	17.8	2.9	3.2
ZJ-06	0.9	54.7	23.0	2.7	4.0
ZJ-07	3.2	53.3	20.6	3.4	3.6
ZJ-10	1.3	52.9	20.4	3.7	3.4
ZJ-11	3.3	52.0	13.8	6.0	3.1

续表1

样本	花青素	水浸出物	茶多酚	游离氨基酸	咖啡碱
ZJ-12	14.6	55.2	18.0	3.0	3.6
ZJ-13	11.7	55.6	23.1	2.4	2.9
ZJ-14	2.6	55.7	21.8	2.9	3.2
ZJ-15	10.2	57.3	25.6	2.4	4.3
ZJ-17	6.0	54.2	22.2	2.7	2.9
ZJ-20	9.4	52.6	20.0	2.7	3.4
紫娟(CK)	12.5	53.2	19.4	2.9	3.5

表2　夏季紫娟及其诱变后代14份材料的生化成分含量　　（单位：%）

样本	花青素	水浸出物	茶多酚	游离氨基酸	咖啡碱
ZJ-03	9.1	53.8	24.2	2.4	3.8
ZJ-04	2.1	54.8	24.8	2.4	3.7
ZJ-05	7.1	55.3	25.6	2.1	2.9
ZJ-06	1.7	57.2	26.6	2.1	4.0
ZJ-07	7.4	54.2	24.7	2.6	3.7
ZJ-09	1.9	54.6	25.0	2.3	3.2
ZJ-13	23.1	53.4	23.8	2.5	2.9
ZJ-14	4.8	54.4	24.9	2.6	3.5
ZJ-15	29.3	55.6	27.8	2.4	2.5
ZJ-16	6.3	55.8	24.1	2.1	3.4
ZJ-17	12.2	54.0	22.6	2.2	3.6
ZJ-18	16.0	51.8	22.8	2.4	3.6
ZJ-19	2.9	52.8	22.4	2.4	3.6
ZJ-20	19.9	52.2	21.6	2.7	3.1
紫娟(CK)	16.1	53.8	24.2	2.4	3.8

2.2 紫娟及其诱变后代生化性状的变异度分析

对紫娟及其诱变后代的生化成分含量进行统计分析，结果如表3、表4。在5个生化性状中，紫娟及其诱变后代春茶的花青素、水浸出物、茶多酚、游离氨基酸、咖啡碱的变异系数分别为72.16%、2.98%、13.99%、29.41%、9.88%，夏茶的花青素、水浸出物、茶多酚、游离氨基酸、咖啡碱的变异系数分别为77.86%、10.10%、6.57%、7.60%、18.64%，可以看出，春茶和夏茶都是花青素的变异系数最大，均在70%以上，这与其他的生化成分具有很大的不同，说明诱变后代在花青素这一个单一指标上就具有很高的遗传多样性。两季中的茶多酚、水浸出物、氨基酸、咖啡碱变异系数都在30%以下，最低的为夏季氨基酸变异系数，达到7.60%；另外春茶是水浸出物含量的变异系数最小，而夏茶则是茶多酚含量的变异系数最小。

表3　紫娟及其诱变后代春茶和夏茶生化性状的变异系数　（单位：%）

生化性状	平均数	标准差	最大值	最小值	CV
花青素	5.89	4.25	14.6	0.9	72.16
水浸出物	53.66	1.60	57.3	50.6	2.98
茶多酚	20.09	2.81	25.6	13.8	13.99
游离氨基酸	3.23	0.95	6.0	2.4	29.41
咖啡碱	3.44	0.34	4.3	2.9	9.88

表4　紫娟及其诱变后代夏茶生化性状的变异系数　（单位：%）

生化性状	平均数	标准差	最大值	最小值	CV
花青素	10.66	8.30	29.13	1.9	77.86
水浸出物	54.25	5.48	57.2	51.8	10.10
茶多酚	24.34	1.60	27.8	21.6	6.57
游离氨基酸	2.37	0.18	2.7	2.1	7.60
咖啡碱	3.38	0.63	4.0	2.5	18.64

2.3 紫娟及其诱变后代系统聚类及遗传距离分析

利用变异位点对参试的21份材料遗传相似度进行聚类分析，结果如图1，可将参试的21份材料分为2个类群，第一类群包括20份材料，在这20份材料当中又可分为3个亚群，第一亚群包括的材料有10份，为ZJ-01、ZJ-14、ZJ-02、ZJ-06等；第二亚群包括的材料有8份，为ZJ-07、ZJ-15、ZJ-11、ZJ-16等；第三亚群有1份材料，为ZJ-12。第二类群有1份材料，为ZJ-08。通过对比发现，第二类群的ZJ-08跟第一类群样本的相似度低，第三个亚群的ZJ-12和第一、第二亚群相比相似度低，但相比ZJ-08，ZJ-12与其他群体的相似度更高一些。

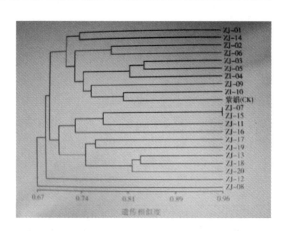

图1　紫娟及其诱变后代遗传聚类图

遗传距离的范围是0~1，数字越大表示遗传距离也越远，如表5所示：ZJ-7和ZJ-15之间的遗传距离最大达到0.9以上，同时春茶和夏茶的生化成分含量中茶多酚的含量也最高，ZJ-3和ZJ-5的遗传距离大

于0.8，两者的茶多酚的含量也相对较高，从茶多酚含量分析，可以看出样本间的遗传距离越大，则茶多酚的含量也会相对较高，与其他4个生化性状并无必然联系。

综合可知，"紫娟"与诱变后代相比，其遗传距离都大于0.7，说明其遗传多样性丰富，方便之后品种的改良和选育。

表5 紫娟及其诱变后代遗传距离分析

材料	1	2	3	4	5	6	7	8	9	10	11	12	13	14	15	16	17	18	19	20	紫娟
ZJ-1	1.00																				
ZJ-2	0.71	1.00																			
ZJ-3	0.67	0.70	1.00																		
ZJ-4	0.73	0.74	0.81	1.00																	
ZJ-5	0.69	0.73	0.84	0.83	1.00																
ZJ-6	0.72	0.79	0.72	0.81	0.76	1.00															
ZJ-7	0.69	0.71	0.63	0.63	0.65	0.68	1.00														
ZJ-8	0.66	0.67	0.65	0.65	0.63	0.56	0.65	1.00													
ZJ-9	0.72	0.68	0.71	0.74	0.78	0.74	0.69	0.67	1.00												
ZJ-10	0.72	0.67	0.72	0.74	0.74	0.71	0.69	0.70	0.72	1.00											
ZJ-11	0.73	0.70	0.60	0.64	0.65	0.69	0.79	0.62	0.67	0.71	1.00										
ZJ-12	0.68	0.63	0.64	0.64	0.65	0.65	0.64	0.62	0.71	0.69	0.72	1.00									
ZJ-13	0.73	0.72	0.72	0.69	0.69	0.68	0.68	0.71	0.66	0.69	0.74	0.74	1.00								
ZJ-14	0.74	0.68	0.72	0.74	0.72	0.66	0.62	0.69	0.69	0.72	0.66	0.72	0.78	1.00							
ZJ-15	0.69	0.72	0.64	0.64	0.65	0.65	0.96	0.65	0.69	0.69	0.76	0.64	0.68	0.62	1.00						
ZJ-16	0.72	0.70	0.65	0.65	0.66	0.67	0.74	0.72	0.69	0.67	0.71	0.69	0.77	0.72	0.74	1.00					
ZJ-17	0.69	0.70	0.63	0.64	0.71	0.72	0.74	0.60	0.75	0.69	0.76	0.74	0.74	0.70	0.72	0.71	1.00				
ZJ-18	0.65	0.74	0.67	0.73	0.67	0.67	0.69	0.74	0.67	0.65	0.69	0.67	0.83	0.72	0.69	0.76	0.73	1.00			
ZJ-19	0.60	0.69	0.71	0.67	0.73	0.69	0.69	0.67	0.68	0.65	0.65	0.67	0.75	0.71	0.67	0.71	0.76	0.75	1.00		
ZJ-20	0.67	0.74	0.65	0.64	0.66	0.64	0.68	0.74	0.69	0.65	0.71	0.65	0.81	0.74	0.68	0.67	0.77	0.83	0.74	1.00	
紫娟	0.77	0.76	0.74	0.74	0.78	0.74	0.76	0.75	0.79	0.81	0.78	0.74	0.77	0.79	0.72	0.76	0.78	0.73	0.78	0.73	1.00

3 小结与讨论

本研究对紫娟及其诱变后代材料进行生化成分分析，结果表明，春茶花青素含量超过紫娟的为ZJ-12，夏茶花青素含量超过紫娟的为ZJ-13、ZJ-15、ZJ-20，其中ZJ-15和ZJ-20两份材料在春茶时花青素含量比紫娟低，这可能在不同季节，材料中

的叶绿素、类胡萝卜素含量不同，导致花青素含量有差异。春茶和夏茶中水浸出物含量都超出紫娟的有ZJ-05、ZJ-06、ZJ-07、ZJ-14、ZJ-17。茶多酚含量超过紫娟的有ZJ-04，ZJ-06，ZJ-07，ZJ-15、氨基酸、咖啡碱的含量都超过紫娟的分别为ZJ-06和ZJ-07，且变异较显著；特别是花

青素的变异系数，春茶为72.16%，夏茶为77.86%，较水浸出物、咖啡碱、氨基酸、茶多酚的都高，也由此可见，紫娟及其诱变后代的生化成分都有不同程度的变异，但是花青素的变异程度最大。另从春茶与夏茶相比可知，春茶和夏茶都是花青素的变异系数最大，相比夏茶，春茶的茶多酚和氨基酸含量的变异系数较大，特别是春茶游离氨基酸的变异系数是夏茶的3.87倍，这可能与春茶游离氨基酸含量整体偏高有关。同时也说明，5个生化性状存在一定程度的变异，且都蕴藏着丰富的遗传多样性，在后期的改良育种过程中有较大的潜力。

遗传距离是对遗传差异的一种定量描述[5]，且与杂种优势有一定的相关性[6]，因此可以利用分子标记遗传距离来预测杂种优势。杨金玲等[7]利用SSR技术分别对164份古茶树研究表明，164份古茶树的遗传距离在0.019～0.303之间，说明这些古茶树具有一定的遗传差异，遗传多样性较高；黄建安等[8]利用AFLP技术对福鼎大毫茶等多个茶树品种进行遗传多样性及亲缘关系进行研究分析，结果表明试供材料的遗传距离介于0.13～0.48之间；金基强等[9]则是应用EST-SSR技术对大叶乌龙等42个品种进行遗传多样性分析，42个品种的遗传距离处于0.074～0.667之间；段云裳[10]分别用40、39和58对引物对乌龙茶品种（系）、红绿茶品种（系）以及无性系品种进行分析，均表现出较高的遗传多样性；本研究通过微卫星标记进行遗传多样性分析，结果表明21个紫娟茶树诱变后代材料的遗传距离为0.558～0.962，其诱变后代的遗传多样性较高。

亲本材料的选择是茶树育种研究的重点，本研究在分析遗传距离的基础上应用主要成分分析对紫娟及其诱变后代的相似性进行判别，结果表明，5个生化成分中花青素的变异系数最大，且对5个生化成分中茶多酚的分析可见，遗传距离较远的材料茶多酚含量差异性也较大，因此，基于生化成分含量的多样性分析可以为遗传育种研究中亲本材料的选择提供一定的参考，但有待进一步的研究证实。

参考文献：

[1] 蔚荣海, 韩蕾, 王玉兰, 等. 糯玉米自交系的遗传距离分析及类群距离鉴定[J]. 玉米科学, 2006, 14(3): 10-12, 16.

[2] 陈林波, 夏立飞, 周萌, 等. 基于RNA-Seq技术的"紫娟"茶树转录组分析[J]. 分子植物育种, 2015, 13(10):2250-2255.

[3] 董玉琛, 曹永生, 张学勇, 等. 中国普通小麦初选核心种质的产生[J]. 植物遗传资源学报, 2003, 4(1): 1-8.

[4] LÊ S, JOSSE J, HUSSON F. FactoMineR: An R package for multivariate analysis[J]. Journal of statistical software, 2008, 25(1):1-18.

[5] 杨蛟, 张涛, 蒋开峰, 等. 分子标记遗传距离用于水稻杂种优势预测研究进展[J]. 杂交水稻, 2010, 25(S1): 321-325.

[6] SMITH O S,SMITH J S C,BOWEN S L et al.Similarities among a group of elite maize inbreds as measured by pedigree, F_1 grain yield, grain yield,heterosis and RFLPs[J]. Theoretical and applied genetics,1990,80:833-840.

[7] 杨金玲. 西双版纳地区古茶树种质资源的遗传多样性分析[D]. 昆明: 云南大学, 2018.

[8] 黄建安, 李家贤, 黄意欢, 等. 茶树品种资源遗传多样性的AFLP研究[J]. 园艺学报, 2006, 33(2): 317-322.

[9] 金基强, 崔海瑞, 龚晓春, 等. 用EST-SSR标记对茶树种质资源的研究[J]. 遗传, 2007, 29(1): 103-108.

[10] 段云裳. 利用SSR标记研究我国茶树无性系品种的遗传多样性和亲缘关系分析[D]. 南京: 南京农业大学, 2009.

——原载于《湖北农业科学》2022年第11期

基金项目: 云南省科技厅项目"特异茶树'紫娟'诱变后代的多样性研究"（2018FD130）

苦茶碱代谢关键转录因子基因的筛选鉴定

刘玉飞　庞丹丹　李友勇　蒋会兵　田易萍　孙云南　陈林波*

（云南省农业科学院茶叶研究所/云南省茶学重点实验室，云南勐海，666201）

摘　要：苦茶是我国特异的茶树资源，主要分布于西南地区，其富含苦茶碱（1,3,4,7-四甲基尿酸）。苦茶碱具有镇静、催眠和抗抑郁等多种生理活性，其合成的关键基因苦茶碱合成酶已经得到了克隆和研究，但是苦茶碱代谢调控机制的研究鲜有报道。为了挖掘与苦茶碱代谢调控相关的转录因子，我们以苦茶GKC和LKC，以及常规茶树YK10为研究对象，通过HPLC和RNA-seq分别就样品的嘌呤生物碱含量和基因表达情况进行分析，并通过荧光定量PCR验证了转录组数据的可靠性。结果表明，GKC和LKC的苦茶碱含量分别为21.82mg/g和14.70mg/g，而YK10中检测不到苦茶碱，另外，GKC和LKC的咖啡碱含量均低于15.00mg/g；通过RNA-seq我们获得了3948个GKC vs YK10和LKC vs YK10共同的且表达趋势一致的差异基因，这些差异基因包括属于29个家族的96个转录因子，通过分析最终确定30个候选的转录因子，尤其是属于NAC和HD-ZIP转录因子家族的CSS0012182、CSS0013789、CSS0041233、novel.16084和CSS0014547等转录因子可能是参与苦茶碱代谢调控的关键基因。

关键词：苦茶；苦茶碱；RNA测序；转录因子

苦茶（*C.sinensis* var. *kucha*）是我国特异的茶树资源，其鲜叶和制作的茶叶都具有独特的苦味，其主要分布于广东、广西、云南、湖南，尤以云南以及南岭山脉两侧最多[1~2]，其中云南省南部、东南部的西双版纳州、红河州分布着大量的苦茶资源[3]。苦茶形态上与栽培茶树相似，其一般为小乔木，叶片较大[4]。但是制茶的滋味（具有特殊的苦味）和香气（具有丁香香气）与栽培茶树有明显的差异[1~2,4]。在苦茶的原生地，苦茶成为当地人民生活的必需品，将它作为一种药物饮用，认为常饮有"退火发汗、解毒、治病"的功效[1]。

苦茶与常规茶树的嘌呤生物碱组成有较大差异，常规茶树以咖啡碱为主，其次是可可碱和茶叶碱，而苦茶以苦茶碱（1,3,7,9-四甲基尿酸）为主，已报道的含量可以超过占茶叶干重的3%，其次是咖啡碱和可可碱[5~8]。苦茶碱与苦茶的苦味显著相关[6,9]，同时，多项研究表明苦茶碱具有镇静、催眠、抗抑郁、消炎、镇痛、减少肝细胞的应激损伤和改善运动能力等多种生物活性[10~15]。苦茶碱生物合成已相对明确，其是由1,3,7-三甲基尿酸经甲基化转化而来，而1,3,7-三甲基尿酸来源于咖啡碱的氧化还原。Wang等[4]和陈潇敏等[16]对苦茶碱合成途径相关的基因进行了探究，筛选到可能催化1,3,7-三甲基尿酸甲基化的苦茶碱合成酶基因（*CsTcS*，属于氮甲基转移酶家族基因），同时发现苦茶碱代

注：★为通信作者。

谢途径的多个基因在苦茶和常规茶树中存在差异表达。Zhang等[17]通过转录组测序、酶活性测定和晶体结构分析获得了*CsTcS*（MN163831），并对其关键活性位点进行了探讨，同时指出苦茶中大量积累苦茶碱的原因可能是*CsTcS*的高表达引起，其在苦茶中的表达量是常规茶树的30万倍左右。

以上研究主要集中在苦茶碱合成相关的结构基因，但是是否存在调控基因参与苦茶碱的生物合成目前还不明确。基于此，本研究选择高苦茶碱（GKC）、低苦茶碱（LKC）和未检测到苦茶碱（YK10）的茶树种质/品种作为实验材料，利用高效液相色谱和RNA-Seq进行嘌呤生物碱分析和转录组测序，筛选鉴定与苦茶碱代谢相关的转录因子基因。本研究结果将有助于揭示苦茶碱代谢的调控机制、解析苦茶富集苦茶碱的分子机制，并有利于后期苦茶茶树品种的选育。

1　材料与方法

1.1　材料

2020年7月10日，采摘高苦茶碱（GKC）、低苦茶碱（LKC）和未检测到苦茶碱（YK10）的茶树种质/品种的一芽二叶，迅速液氮固样，然后保存于–80℃冰箱，并用于进一步的转录组测序；同时采摘一部分样品微波固样，然后75℃烘至足干，磨碎用于生物碱含量的测定。LKC和YK10树龄约为30年，GKC树龄为5年，每年秋冬对其进行修剪。GKC、LKC和YK10分别来源于云南省的景洪市、金平县和勐海县，现均保存于云南省农业科学院茶叶研究所。

1.2　生物碱含量测定

采用高效液相色谱法测定生化样中生物碱（可可碱、咖啡碱和苦茶碱）含量，各样品均独立重复3次。样品提取方法具体为：称取0.1g（精确至小数点后三位）磨碎茶样，置于15mL离心管中，加入10mL75%甲醇水溶液，70℃水浴10min，中间摇匀3次，然后12000rpm离心10min，取上清液过0.45mm有机滤膜，收集滤液于液相瓶中，用于生物碱含量的测定。液相色谱测定条件参照Jin等[18]的方法。

1.3　RNA序列与差异基因分析

RNA提取与转录组测序均由北京诺禾致源科技有限公司完成，具体方法参见Liu等[19]文章，使用的参考基因组见Xia等[20]文章。用DESeq2工具[21]进行差异基因的分析，将两个样品表达量差异大于等于两倍（|$\log_2$(Fold change)|≥1）、P-value<0.05定义为差异基因（DEG）。利用GO和KEGG数据库，以整个基因组为背景，通过软件clusterProfile软件对DEGs进行GO与KEGG富集分析。

1.4　差异转录因子鉴定

利用PlantTFDB（Plant Transcription Factor Database）软件[22]，对差异基因中的转录因子进行预测。用于预测的序列为差异基因转录组数据的基因序列，比对的参考物种为拟南芥。并利用EXCEL对获得的转录因子进行统计分析。

1.5　qRT-PCR验证

利用天根FastKing gDNA Dispelling RT SuperMix试剂盒进行第一链cDNA合成。使用Primer Premier 5软件设计用于qRT-PCR的转录本或基因特异性引物，并由生工生物工程(上海)股份有限公司合成。使用qTOWER 2.2实时PCR系统和KAPASYBR®FAST qPCR Master Mix（2x）试剂盒进行qPCR反应。以茶树中的GAPDH（XM_028237220.1）作为参考基因，并使用 $2^{-\Delta\Delta C_T}$ 方法计算每个基因的相对表达水平[23]。所有qRT-PCR反应均进行3次重复，并计算基因相对表达量的平均值。本研究中使用的引物列于表1。

表 1   荧光定量 PCR 引物序列

基因名称	正向（5′-3′）	反向（5′-3′）
CSS0043409	AATTCATGCCAAGCGAAGGC	CGACCGCCTAGGAACAACTT
CSS0017324	GGAGATCTTCTTTGGCGGCT	GAAGTCGAGCAGGTCGTCAA
CSS0021064	GGTTGGGTGCATCCGAAAGT	ACTGGACTGAGATTGCGACTG
CSS0008967	AGCAACGGGTCAAATCCCAG	TGGCGTCTGATGTTGCTGTC
CSS0011081	TGTTTGTGGGTGCAATGGAA	TCTTCATTGGTGTTTTGGTTTCTGA
CSS0013789	ACAAGGGTAAGCCACCGAAG	AGATCCGACAAAGCACCCAG
CSS0029845	GACATCGTTGGGAAGACGAAA	ATCTGGAGGCAACATCTCCTT
CSS0016114	CAAGGCGGGAAGGAAGAAGT	GGTTCACGCACTTCACACAC
CSS0003129	TGCAGGTCCTCTTCGAGGTA	GACTTCCTTGGCCGATGTCA
CSS0024387	TCTTGGCTGAGGAGCTTGTG	GGGTAGTAGTCGCCGGAATC
GAPDH	TTGGCATCGTTGAGGGTCT	CAGTGGGAACACGGAAAGC

表 2   三份样品中嘌呤生物碱含量（mg/g）

样品名称	可可碱	苦茶碱	咖啡碱	总量
YK10	7.81±0.15[B]	ND	44.34±0.42[A]	52.15±0.56[A]
LKC	2.17±0.19[C]	14.70±0.94[B]	10.42±0.72[C]	27.29±1.85[C]
GKC	11.18±0.20[A]	21.82±0.26[A]	14.05±0.56[B]	47.05±1.50[B]

注：每列中不同大写字母表示样品间化合物含量差异极显著（$P<0.01$）。ND：未检出

表 3   测序质量评估

样品名称	原始数据/个	高质量数据/个	错误率/%	Q20/%	Q30/%	GC含量/%	总比对率/%
YK10	41518584	40638848	0.03	97.95	94.01	43.17	84.87
LKC	43933787	42859093	0.03	97.93	93.99	42.96	83.10
GKC	43661820	42657323	0.03	97.98	94.04	42.46	81.27

2   结果与分析

2.1   不同样品中生物碱含量分析

由表2可知，GKC和LKC都含有较高的苦茶碱，分别为21.82mg/g和14.70mg/g，而常规茶树YK10未检测出苦茶碱；3个样品中咖啡碱的含量趋势与苦茶碱相反，高低依次为YK10＞LKC＞GKC，并且GKC和LKC均低于15.00mg/g。GKC相比于LKC和YK10含有较高的可可碱，其含量超过10.00mg/g。YK10生物碱总量最高为52.15 mg/g，LKC生物碱总量最低为27.29 mg/g。

2.2   测序数据质量分析

分别构建了GKC、LKC和YK10三个样品的cDNA文库，每个样品重复三次，并进行转录组测序。由表3可知，三个样品

的平均测序错误率约为0.03%，测序获得41518584个、43661820个、43933787个原始reads，去除测序接头和低质量reads共获的到40638848、42657323、42859093个高质量reads。另外，三个样品的碱基百分比Q20超过97.93，而Q30超过93.99；而GC含量在42.46%～43.17%之间。将高质量reads与参考基因组比对，比对率超过81.27%。这些结果表明，转录组测序获得数据质量好，并且与参考基因组比对率高，可以用于进一步的研究。

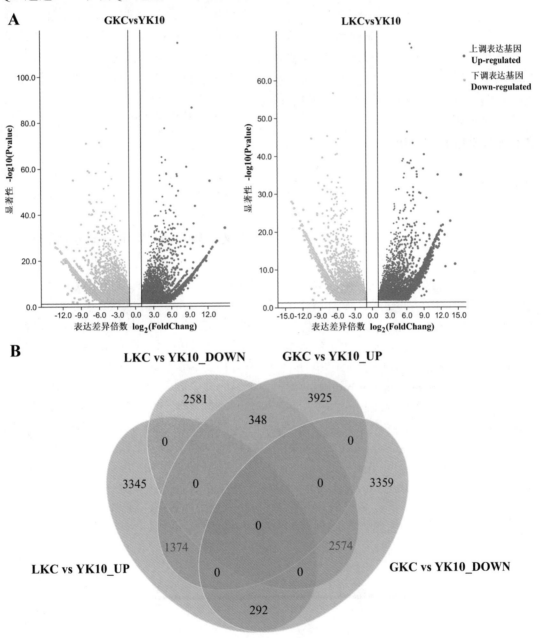

图1　三份样品差异表达基因统计分析
A：差异基因火山图，B：上、下调表达基因的 Venn 图

2.3 差异基因分析

差异基因（DEGs）分析结果显示（图1），GKC与YK10（GKC vs YK10）之间有11872个DEGs，其中上调5647个基因，下调6225个基因；LKC与YK10（LKC vs YK10）相比有10514个DEG，其中上调和下调的基因数分别为5011和5503。其中在GKC vs YK10和LKC vs YK10表达趋势一致的上调基因数为1374个，下调基因数为2574个。这些在GKC vs YK10和LKC vs YK10中表达趋势一致的可能与苦茶中高苦茶碱的积累相关。

2.4 差异基因富集分析

对GKC vs YK10和LKC vs YK10中表达趋势一致的3948个DEGs进行GO和KEGG富集分析。GO富集分析的结果显示，有1393个差异基因被富集到了GO条目，一共注释到1048个GO条目，这些条目可以归为分子功能、细胞组分和生物过程三个大的类别，其中富集差异基因最多的类别是生物过程，其次是分子功能。图2（A）显示了每个类别前十个GO条目，其中主要富集的条目有碳氧裂解酶活性（Carbon-oxygen lyase activity）、镁离子结合（Magnesium ion binding）、腺苷琥珀酸合酶活性（Adenylosuccinate synthase activity）、核黄素合酶复合物（Riboflavin synthase complex）和嘌呤核苷二磷酸代谢过程(Purine nucleoside bisphosphate metabolic process)。另外，在富集的条目中，还发现多个基因被富集到S-腺苷甲硫氨酸依赖性甲基转移酶活性（S-adenosylmethionine-dependent methyltransferase activity）和N-甲基转移酶活性（N-methyltransferase activity），这些基因可能在茶树嘌呤生物碱代谢中发挥着重要作用。

KEGG富集分析结果显示（图2B），差异基因被富集到111个代谢通路，主要富集的代谢通路有黄酮类生物合成（Flavonoid biosynthesis）、嘌呤代谢（Purine metabolism）、磷酸戊糖途径（Pentose phosphate pathway）和谷胱甘肽代谢（Glutathione metabolism）等。另外，还发现多个基因被富集到异喹啉生物碱的生物合成（Isoquinoline alkaloid biosynthesis）和托烷，哌啶和吡啶生物碱的生物合成（Tropane, piperidine and pyridine alkaloid biosynthesis）。

2.5 差异转录因子鉴定与表达量分析

转录因子是重要的调控因子，其可以与功能基因的调控区域直接或间接结合，从而激活或抑制基因表达，进而调控多种生物学过程。通过植物转录因子数据库（PlantTFDB）对获得的3948个差异基因中的转录因子基因进行鉴定，一共获得96个编码转录因子基因，这些转录因子属于29个不同的家族（图3）。转录因子家族包含差异基因数最多是bHLH（差异基因数13，占转录因子总数的比例13.54%），其次是MADS、MYB和FAR1，分别有9个差异基因。另外，bZIP、HD-ZIP、NF-YB、TCP和WRKY家族也包含多个转录因子基因。

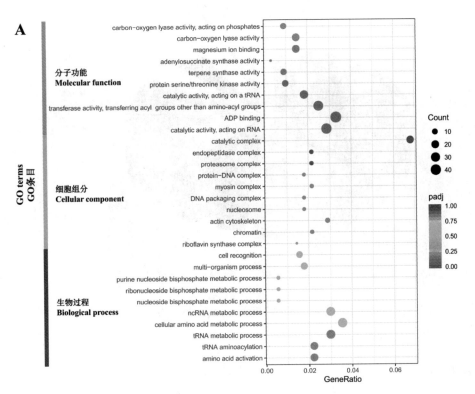

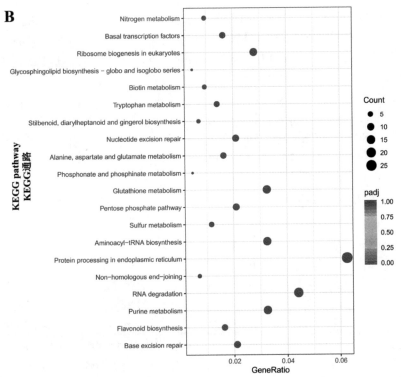

图 2　差异基因的 GO 注释和 KEGG 代谢通路统计分析
A：GO 注释；B：KEGG 代谢通路。

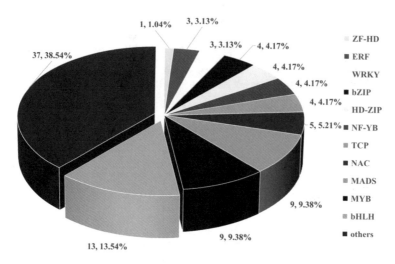

图3 差异基因中不同转录因子统计分析

鉴定到的96个转录因子基因，其中35个上调表达，61个下调表达（图4）。这96个转录因子基因，其基因表达量（FPKM）在YK10、GKC或者LKC至少一个样品中大于等于10的有30个。在这30个转录因子中，MYB（CSS0007879、CSS0031950、CSS0005261和CSS0012202）和NAC（CSS0012182、CSS0013789、CSS0041233和novel.16084）家族的基因最多，其次是MADS（CSS0037110、CSS0013985和CSS0034462）。另外，还包括bZIP（CSS0008967和novel.5903）、HD-ZIP（CSS0014547）和ZF-HD（CSS0043409）等家族基因。

2.6 实时荧光定量PCR分析

为了验证转录组数据的可靠性，从筛选到的96个转录组因子基因中选取10个设计定量引物，并进行荧光定量PCR。定量结果表明基因的表达趋势与转录组数据基本一致（图5），说明转录组测序结果是可靠的。

3 讨　论

苦茶是我国的特异茶树资源，相比于常规茶树其最典型的生化特征是富含苦茶碱。本研究对"国家大叶茶树资源圃（勐海）"保存的两份苦茶种质进行生物碱的测定，发现它们均含有较高的苦茶碱，与金基强等[24]研究一致，常规茶树YK10中并没有检测到苦茶碱。另外这两份苦茶种质的咖啡碱含量均低于15mg/g，并且苦茶碱的含量与咖啡碱的含量趋势相反这与Wang等[4]的结果一致，咖啡碱是苦茶碱的合成的前体物，推测可能是咖啡碱在苦茶中部分转化为苦茶碱所致。以往研究表明咖啡碱具有提神兴奋的作用，但是敏感群体摄入大量咖啡碱会引起失眠等不良的生理反应，而苦茶碱不像咖啡碱，其具有安神抗抑郁等生理功效[11~12]，因此我们报道的两份高苦茶碱低咖啡碱的茶树种质，可以作为后期苦茶碱提取的生物来源，也可以用于开发低咖啡碱高苦茶碱的功能性茶产品。

苦茶富含苦茶碱的内在分子机制，一直是困扰茶叶研究者的重大问题，2020年，Zhang等[17]通过转录组测序筛选鉴定到了苦茶碱合成酶基因（*CsTcS*），并通过结构分析，初步解析了*CsTcS*催化1,3,7-三甲基尿酸形成苦茶碱的机制。Zhang等[17]，研究发现"Puer"茶和苦茶均含有*CsTcS*的催

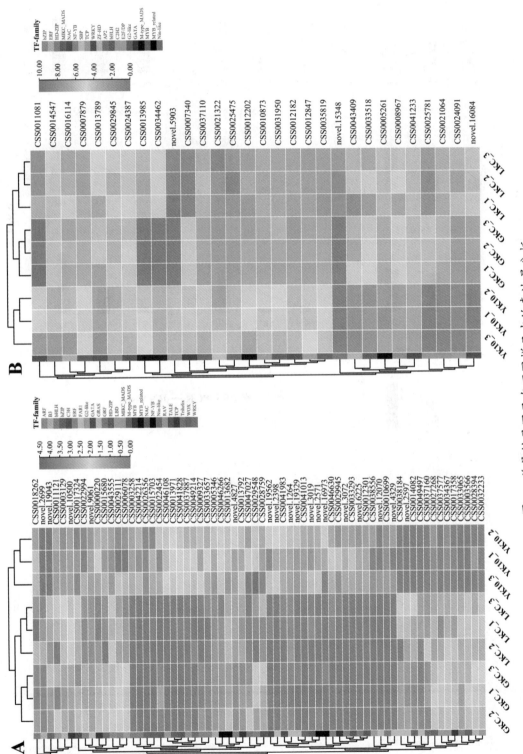

图 4 差异转录因子在不同样品中的表达量分析

A：在 GKC、LKC 和 YK10 中的 FPKM 均小于 10；B：在 GKC、LKC 和 YK10 至少有一个 FPKM 大于等于 10

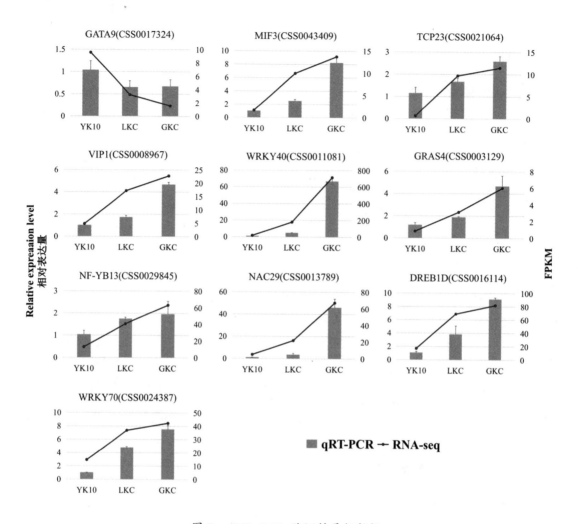

图 5　qRT-PCR 验证转录组数据

化底物1,3,7-三甲基尿酸，并发现*CsTcS*在"Puer"茶中表达量极低，不足苦茶中的万分之一，因此推测苦茶中富含苦茶碱是因为*CsTcS*在苦茶中高表达引起，我们的定量结果也同样表明*CsTcS*在苦茶中高表达，并且相比于LKC，GKC中具有更高的表达量，说明*CsTcS*的高表达可能与苦茶中富集苦茶碱相关（未发表数据）。另外，多项研究还表明，嘌呤生物碱代谢途径相关的多个基因在苦茶与常规茶树中差异表达[4, 16]，本研究也同样发现嘌呤生物碱代谢等与苦茶碱代谢相关途径中的基因差异表达（图2）。以上研究说明苦茶碱的生物合成可能受到调控因子的影响。

以往的研究表明，多种调控因子可以影响基因的表达，其中转录因子是研究最多也是最为重要的一种[25]。通过转录组分析，本研究发现至少有属于29个不同的家族的96个转录因子基因在含有苦茶碱（GKC和LKC）和检测不到苦茶碱的YK10间差异表达。我们对这96个转录因子基因进一步筛选，获得30个候选基因（至少在一个样品中的FPKM≥10），候选转录因子中有多个属于NAC、HD-ZIP、bHLH、

MADS和MYB等家族的基因（图4）。刘平[26]通过酵母单杂筛选到3个属于NAC和HD-ZIP家族的转录因子，推测它们可能参与调控茶树嘌呤生物碱代谢关键氮甲基转移酶基因（*yhNMT1*）。后期康馨等[27]发现沉默*CsHB1*（HD-ZIP家族转录因子）基因，茶树叶片愈伤组织中的*yhNMT1*基因出现下调表达，并且咖啡碱的含量显著下降，研究者推测*CsHB1*可能通过调控*yhNMT1*影响茶树咖啡碱的含量。咖啡碱是苦茶碱合成的前提物质，NAC和HD-ZIP等转录因子影响咖啡碱的合成和积累，可以间接调控苦茶碱的合成。另外，茶树中NMT家族不仅编码区高度相似，其启动子区也具有一定的相似性[8, 28]，*CsTcS*的启动子上也可能具有NAC和HD-ZIP等转录因子结合的结构域，并受相关转录因子的调控。最终，本研究获得的30个候选的转录因子，尤其是NAC和HD-ZIP家族基因很可能参与苦茶碱的代谢，这些转录因子基因将是下一步研究苦茶碱生物合成调控的重点。

参考文献：

[1] 王新超, 姚明哲, 马春雷, 等. 我国苦茶资源主要生化成分的鉴定评价 [J]. 中国农学通报, 2008, 24(6): 65−69.

[2] 汪云刚, 刘本英, 宋维希, 等. 云南茶组植物的分布 [J]. 西南农业学报, 2010, 23(5): 1750−1753.

[3] 漠丽萍. 勐海县苦茶资源现状及开发利用探析 [J]. 现代农业科技, 2017, (13): 27−28.

[4] Wang S L, Chen J D, Ma J Q, et al. Novel insight into theacrine metabolism revealed by transcriptome analysis in bitter tea (Kucha, Camellia sinensis) [J]. Scientific Reports, 2020, 10(1): 6286.

[5] 叶创兴, 林永成, 苏建业, 等. 苦茶(*Camellia assamica* var. *kucha* Chang et Wang)的嘌呤生物碱 [J]. 中山大学学报(自然科学版), 1999, 38(5):82.

[6] 叶创兴, Ashihara H, 郑新强, 等. 一种野生茶树的新嘌呤碱模式 [J]. 中山大学学报(自然科学版), 2003, 42(1): 62−65.

[7] 李红建, 秦丹丹, 姜晓辉, 等. 广东苦茶资源嘌呤生物碱含量分析与评价 [J]. 茶叶科学, 2021, 41(1): 71−79.

[8] Jin J Q, Jiang C K, Yao M Z, et al. Baiyacha, a wild tea plant naturally occurring high contents of theacrine and 3″ −methyl−epigallocatechin gallate from Fujian, China [J]. Scientific Reports, 2020, 10(1): 9715.

[9] 井娟, 王庆伟, 胡聪, 等. 1,3,7,9−四甲基尿酸的研究进展 [J]. 中国药师, 2016, 19(2): 344−346.

[10] Qiao H Y, Ye X S, Bai X Y, et al. Theacrine: A purine alkaloid from *Camellia assamica* var. *kucha* with a hypnotic property via the adenosine system [J]. Neuroscience Letters, 2017, 659: 48−53.

[11] Xu J K, Kurihara H, Zhao L, et al. Theacrine, aspecial purine alkaloid with sedative and hypnotic properties from *Camellia assamica* var. *kucha* in mice [J]. Journal of Asian Natural Products Research, 2007, 9(7): 665−672.

[12] 谢果, 吴敏芝, 黄映如, 等. 1,3,7,9−四甲基尿酸抗抑郁作用的实验研究 [J]. 中国药理学通报, 2009, 25(9): 1160−1163.

[13] Wang Y Y, Yang X R, Zheng X Q, et al. Theacrine, a purine alkaloid with anti-inflammatory and analgesic activities [J]. Fitoterapia, 2010, 81(6): 627−631.

[14] Li W X, Li Y F, Zhai Y J, et al. Theacrine, a purine alkaloid obtained from *Camellia assamica* var. *kucha*, attenuates restraint stress-provoked liver damage in mice [J]. Journal of Agricultural and Food Chemistry, 2013, 61(26): 6328−6335.

[15] Feduccia A A, Wang Y, Simms J A, et al. Locomotor activation by theacrine, a purine alkaloid structurally similar to caffeine: involvement of adenosine and dopamine receptors [J]. Pharmacology Biochemistry and Behavior, 2012, 102(2): 241−248.

[16] 陈潇敏, 王鹏杰, 王淑燕, 等. 基于转录组的蕉城苦茶苦茶碱合成相关基因的挖掘 [J/OL]. 应用与环境生物学报:1-12[2021−04−01]. https://doi.org/10.19675/j.cnki.1006−687x.2020.05041.

[17] Zhang Y H, Li Y F, Wang Y J, et al. Identification and characterization of N9-methyltransferase involved in converting caffeine into non-stimulatory theacrine in tea [J]. Nature Communications, 2020, 11(1): 1473.

[18] Jin J Q, Ma J Q, Ma C L, et al. Determination of catechin content in representative Chinese tea germplasms [J]. Journal of Agricultural and Food Chemistry, 2014, 62(39): 9436−9441.

[19] Liu Y F, Pang D D, Tian Y P, et al. Comparative transcriptomic analysis of the tea plant (*Camellia sinensis*) reveals key genes involved in pistil deletion [J]. Hereditas, 2020, 157: 39.

[20] Xia E H,Tong W, Hou Y, et al. The reference genome of tea plant and resequencing of 81 diverse accessions provide insights into its genome evolution and adaptation [J]. Molecular Plant, 2020, 13(7): 1013−1026.

[21] Reiner A, Yekutieli D, Benjamini Y. Identifying differentially expressed genes using false discovery rate controlling procedures [J]. Bioinformatics, 2003;19(3): 368−375.

[22] Jin J P, Tian F, Yang D C, et al. PlantTFDB 4.0: toward a central hub for transcription factors and regulatory interactions in plants [J]. Nucleic Acids Research, 2017, 45(D1): D1040−1045.

[23] Livak K J, Schmittgen T D. Analysis of relative gene expression data using real-time quantitative PCR and the $2^{-\Delta\Delta CT}$ method [J]. Methods. 2001, 25(4): 402−408.

[24] 金基强, 周晨阳, 马春雷, 等. 我国代表性茶树种质嘌呤生物碱的鉴定 [J]. 植物遗传资源学报, 2014, 15(2): 279−285.

[25] Wu H Y, Shi N R, An X Y, et al. Candidate genes for yellow leaf color in common wheat (*Triticum aestivum* L.) and major related metabolic pathways according to transcriptome profiling [J]. International Journal of Molecular Sciences, 2018, 19(6): 1954.

[26] 刘平. 茶树N-甲基转移酶基因启动子克隆、功能分析及转录因子分离 [D]. 华南农业大学, 2018.

[27] 康馨, 刘平, 马雯慧, 等. RNAi沉默CsHB1降低茶树叶片愈伤组织咖啡碱积累 [J]. 园艺学报, 2020, 47(12): 2373−2384.

[28] 刘玉飞, 金基强, 姚明哲, 等. 茶树咖啡碱合成酶基因稀有等位变异TCS1g的筛选、克隆及功能 [J]. 中国农业科学, 2019, 52(10): 1772-1783.

——原载于《茶叶科学》2022年第1期

基金项目：国家自然科学基金（U20A2045、32060699）；云南省重大科技专项（202002AE320001）；国家茶叶产业技术体系（CARS-19）；云南省茶学重点实验室开放基金项目（2020YNCX004）。

24 个茶树品种对蓟马的田间抗性研究初报

肖　星[1]　韦朝领[2]　玉香甩[1]　冉隆珣[1]　殷丽琼[1]　田易萍[1]　陈林波[1]

（1.云南省农业科学院茶叶研究所/云南省茶学重点实验室，云南昆明，650205；
2.安徽农业大学茶树生物学与资源利用国家重点实验室，安徽合肥，230036）

摘　要：对24个茶树品种进行了蓟马的田间发生情况调查，并以受害指数大小来比较抗虫性。结果表明，24个茶树品种均可受到蓟马的危害，无免疫品种。经方差分析，不同茶树品种对蓟马的抗性存在差异，其中云抗10号、云抗12号、云抗14号、云抗15号、云抗37号、云抗43号、云抗47号、云抗48号、云抗50号、云茶普蕊、云茶1号、云茶香1号、香归银毫、普研2号、清水3号、76-38、73-11、紫娟、云瑰等19个茶树品种的受害指数在33以下；佛香1号、佛香2号、佛香3号、佛香4号、佛香5号等5个茶树品种的受害指数在33及以上，但如何确定这些茶树品种的抗性级别，还有待进一步研究。

关键词：茶树品种；蓟马；田间抗性

在云南茶叶生产过程中，蓟马是一种重要的害虫类群。茶树蓟马属缨翅目（Thysanoptera）昆虫，通常以若虫和成虫锉吸茶树嫩梢嫩叶汁液，导致被害叶片褐化、叶质僵脆、萎缩卷曲甚至枯焦、脱落，一年可发生10余代，严重影响茶叶产量和品质[1~3]。目前的防治措施主要是以喷施化学农药为主，虽然能有效减轻虫害发生概率，但也容易产生农药残留、环境污染、抗药性等诸多问题。而选育并利用植物品种抗性是控制虫害发生危害最为有效的防治手段之一，不仅可以减少对化学药剂的依赖，还能提高虫害的综合治理能力[4~5]。本研究通过对24个茶树品种在田间蓟马的发生情况进行调查，以受害指数来比较不同茶树品种对蓟马的抗性，为茶树抗虫品种的筛选及种植推广提供科学依据。

1　材料与方法

1.1　试验地点

试验设在云南省农业科学院茶叶研究所科研基地中进行，茶树种植方式为双行单株，长势较好，茶园肥、水条件一般，抚育管理水平一致。

1.2　供试品种

供试品种选用云南省农业科学院茶叶研究所基地种植的24个茶树品种，均为云南大叶种，其中国家级良种有云抗10号、云抗14号和云茶1号；省级良种有云抗12号、云抗15号、云抗37号、云抗43号、云抗47号、云抗48号、云抗50号、佛香1号、佛香2号、佛香3号、佛香4号、佛香5号、普研2号、云瑰、73-11和76-38；植物新品种保护品种有云茶普蕊、云茶香1号和紫娟；新选品系有香归银毫和清水3号。

1.3 不同茶树品种田间蓟马虫情调查

于2021年、2022年连续两年蓟马发生盛期，对24个茶树品种统一进行田间虫情调查。晴天在晨露未干前调查，阴天则全天可调查。每个品种随机选取5株茶树，每株茶树随机选取10个茶尖（1芽2叶）进行调查，每7天调查1次。

1.4 蓟马虫情分级及受害指数计算[6]

虫情分级标准如下：

级别	虫数（头）
0级	无
1级	1～5
2级	6～10
3级	1～15
4级	16～20
5级	20以上

按如下公式计算受害指数：

$$DI = \sum (n_i \times x_i)$$

式中：DI—受害指数；

n_i—各级受害级别芽叶数；

x_i—各级受害级数；

1.5 抗虫性比较

以受害指数来比较不同茶树品种对蓟马的抗性，即受害指数越小，表明其抗性越高，反之，受害指数越大，表明其抗性越低[7]。

2 结果与分析

连续两年24个茶树品种对蓟马的田间发生情况调查及抗性比较结果见表1和表2。

表1 24个茶树品种对蓟马田间抗性结果（2021年）

品种	有虫叶率 %	受害指数
云茶普蕊	15.2 a	7.6 a
云抗 37 号	21.2 ab	11.0 ab
云茶香 1 号	22.4 abc	11.2 ab
云抗 43 号	24.8 abc	12.8 abc
云抗 48 号	26.4 abcd	13.2 abcd
76-38	30.8 abcde	15.6 abcde
73-11	33.6 bcde	17.4 abcde
云抗 14 号	33.2 bcde	17.6 abcde
清水 3 号	37.6 bcdef	19.0 bcdef
香归银毫	37.6 bcdef	19.4 bcdef
云茶 1 号	40.4 cdefg	21.2 bcdefg
云抗 47 号	40.4 cdefg	21.6 cdefg
云抗 10 号	40.8 cdefg	22.6 cdefgh
紫娟	44.0 defgh	23.2 cdefghi
云抗 50 号	44.8 defgh	23.6 deghij
普研 2 号	46.0 efghi	25.2 efghijk

续表1

品种	有虫叶率 %	受害指数
云瑰	52.0 fghi	28.2 fghijkl
云抗 12 号	59.2 hi	30.6 ghijkl
云抗 15 号	56.4 ghi	32.6 hijkl
佛香 1 号	62.0 hi	33.0 ijkl
佛香 4 号	62.0 hi	33.6 jkl
佛香 2 号	63.2 i	35.0 kl
佛香 3 号	60.8 hi	36.0 l
佛香 5 号	63.2 i	36.2 l

由表1可以看出，2021年24个茶树品种的有虫叶率为15.2%～63.2%，受害指数为7.6～36.2。按受害指数由小到大排序情况为：云茶普蕊＜云抗37号＜云茶香1号＜云抗43号＜云抗48号＜76-38＜73-11＜云抗14号＜清水3号＜香归银毫＜云茶1号＜云抗47号＜云抗10号＜紫娟＜云抗50号＜普研2号＜云瑰＜云抗12号＜云抗15号＜佛香1号＜佛香4号＜佛香2号＜佛香3号＜佛香5号。

经方差分析，各茶树品种的受害指数之间存在显著差异，云茶普蕊的受害指数最小，但其受害指数与云抗37号、云茶香1号、云抗43号、云抗48号、76-38、73-11、云抗14号等7个品种差异不显著，与其他的16个品种差异显著。佛香5号的受害指数最高，其受害指数与云瑰、云抗12号、云抗15号、佛香1号、佛香4号、佛香2号、佛香3号等7个品种差异不显著。

表2　24个茶树品种对蓟马田间抗性结果（2022 年）

品种	有虫叶率 %	受害指数
云抗 48 号	22.8 a	11.4 a
76-38	25.2 ab	12.8 a
73-11	28.4 abc	14.6 ab
云抗 47 号	32.4 abc	16.2 ab
香归银毫	33.6 abc	17.2 ab
云抗 10 号	33.6 abc	17.8 ab
云茶 1 号	34.8 abc	17.8 ab
普研 2 号	36.0 abc	18.4 ab
云抗 50 号	36.4 abc	18.8 ab
云抗 14 号	37.2 abc	19.0 ab
紫娟	38.4 abc	19.4 ab
云瑰	38.4 abc	19.6 ab
云抗 37 号	40.8 abc	20.4 ab

续表2

品种	有虫叶率 %	受害指数
云茶普蕊	40.8 abc	20.6 ab
清水 3 号	41.2 abc	21.0 ab
云茶香 1 号	38.8 abc	21.6 ab
云抗 15 号	43.6 abcd	22.2 ab
云抗 43 号	48.4 bcde	24.2 abc
云抗 12 号	52.4 cde	26.8 bcd
佛香 1 号	64.8 def	34.6 cde
佛香 3 号	66.8 ef	36.2 cde
佛香 5 号	71.6 ef	39.0 de
佛香 4 号	69.2 ef	39.4 de
佛香 2 号	76.4 f	44.8 e

由表2可以看出，2022年24个茶树品种的有虫叶率为22.8%～76.4%，受害指数为11.4～44.8。按受害指数由小到大排序情况为：云抗48号＜76-38＜73-11＜云抗47号＜香归银毫＜云抗10号、云茶1号＜普研2号＜云抗50号＜云抗14号＜紫娟＜云瑰＜云抗37号＜云茶普蕊＜清水3号＜云茶香1号＜云抗15号＜云抗43号＜云抗12号＜佛香1号＜佛香3号＜佛香5号＜佛香4号＜佛香2号。

经方差分析，各茶树品种的受害指数之间存在显著差异，云抗48号的受害指数最小，但其受害指数与76-38、73-11、云抗47号、香归银毫、云抗10号、云茶1号、普研2号、云抗50号、云抗14号、紫娟、云瑰、云抗37号、云茶普蕊、清水3号、云茶香1号、云抗15号、云抗43号等17个品种差异不显著，与其他的6个品种差异显著。佛香2号的受害指数最高，其受害指数与佛香1号、佛香3号、佛香5号、佛香4号等4个品种差异不显著。

3 结 论

3.1 田间调查结果表明

24个茶树品种均可受到蓟马危害，说明在田间这些茶树品种对蓟马的危害无绝对的抗性。

3.2 以受害指数来比较

不同茶树品种对蓟马的抗性，即受害指数越小，表明其抗性越高，反之，受害指数越大，表明其抗性越低。综合两年24个茶树品种对蓟马的受害指数比较分析结果表明，受害指数在33以下的品种有19个（云抗10号、云抗12号、云抗14号、云抗15号、云抗37号、云抗43号、云抗47号、云抗48号、云抗50号、云茶普蕊、云茶1号、云茶香1号、香归银毫、普研2号、清水3号、76-38、73-11、紫娟、云瑰）；而受害指数在33及以上的品种有5个（佛香1号、佛香2号、佛香3号、佛香4号、佛香5号）。由于目前尚无用受害指数评价茶树对蓟马抗性的指标标准，因此还无法准确确定出这些茶树品种的抗性级别。

参考文献：

[1] 杨真, 李建勋, 徐淑娟, 等. 茶树蓟马种类调查及常见农药对蓟马的田间防控效果[J]. 南方农业学报, 2017, 48(5): 831−836.

[2] 李帅, 孟泽洪, 吕召云, 等. 一种茶树新害虫——贡山喙蓟马 *Mycterothrips gongshanensis* 的鉴定[J]. 茶叶通讯, 2021, 48(3)435−442.

[3] 谢艳兰, 吴春莹, 王运宇, 等. 云南茶树蓟马种类DNA条形码分析及临沧茶区优势种群动态调查[J]. 应用昆虫学报, 2022, 59(4): 754−764.

[4] 李德伟, 邓艳, 蒋学建, 等. 油茶不同品种(系)对茶黄蓟马的抗性研究[J]. 林业科学研究, 2016, 29(4): 620−622, 封三.

[5] 张中润, 高燕, 黄建峰, 等. 不同芒果品种对蓟马的抗虫性评价[J]. 南方农业学报, 2020, 51(7): 1591−1597.

[6] 彭萍, 王晓庆, 李品武.茶树病虫害测报与防治技术[M]. 北京: 中国农业出版社, 2013.

[7] 白宇, 高兴珂, 王业臣, 等. 33个木薯品种对蓟马的田间抗性比较[J]. 草业学报, 2015, 24(3): 187−194.

基金项目："十三五"国家重点研发项目（2019YFD1001601）；云南省重大科技专项计划（202102AE090038）；绿色食品牌打造科技支撑行动（茶叶）专项；国家重点研发计划项目（2021YFD1601104）。

斯里兰卡红碎茶与滇红碎茶主要香气成分比较分析

李金龙　杨盛美　李友勇　段志芬　刘本英　唐一春*

（云南省农业科学院茶叶研究所/云南省茶学重点实验室，云南昆明，650205）

摘　要：【目的】 比较分析斯里兰卡红碎茶与滇红碎茶香气成分及含量的差异性，探索区分两地红碎茶差异的主要香气成分。【方法】采用气相色谱-质谱法（gas chromatography-mass spectrometry, GC-MS）测定斯里兰卡红碎茶及滇红碎茶样品的香气成分，通过主成分分析法比较斯里兰卡红碎茶与滇红碎茶香气成分特征差异性，根据第一主成分贡献值大小，筛选出决定区分两地红碎茶差异的主要香气成分。【结果】两地红碎茶样品共分析到香气化合物40种，以醛类、酮类、酯类、醇类为主，香气成分及含量相近，但略有差异。其中反-2-己烯醛、苯乙醇、香叶醇、壬醛香气成分滇红碎茶明显高于斯里兰卡红碎茶（高出80%以上），二氢猕猴桃内酯、吲哚香气成分滇红碎茶明显低于斯里兰卡红碎茶（50%以上）。其中，烯类香气成分滇红碎茶比斯里兰卡红碎茶高出最为明显（高出53.53%），吲哚类香气成分滇红碎茶比斯里兰卡红碎茶低出最为明显（低出52.48%）。两类红碎茶中，水杨酸甲酯占比最高，在斯里兰卡红碎茶中最高可达26.60%，在滇红碎茶中最高可达29.79%。斯里兰卡红碎茶和滇红碎茶中，酯类和醇类含量最高，酯类在斯里兰卡红碎茶中最高可达34.38%，在滇红碎茶中最高可达35.69%，醇类在斯里兰卡红碎茶中最高可达32.48%，在滇红碎茶中最高可达34.84%。各香气成分中二氢猕猴桃内酯（C15）、反-戊酸-2-己烯酯（C29）最能代表斯里兰卡红碎茶香气特征，α-萜品醇（C30）、橙花醇（C40）最能代表滇红碎茶香气成分特征。【结论】对香气成分进行分析，可明显区分斯里兰卡红碎茶与滇红碎茶特征。

关键词：斯里兰卡红碎茶；滇红碎茶；香气成分

　　红茶是世界第一大茶类，在全盛时期，红茶的世界贸易量达85%[1]，欧美发达国家偏好消费红茶，他们主要进口斯里兰卡、印度、肯尼亚的红茶，中国的红茶在加工技术、质量、品质方面远远比不上斯里兰卡、肯尼亚的红茶的品质，这也是为什么中国的红茶出口竞争力弱的原因之一[2]。其中红茶又以红碎茶为主。对于我国红茶与世界红茶的区别，不同学者分别在感官评审、品质成分进行了分析。潘彬[3]通过对比中国、印度、斯里兰卡、肯尼亚4个国家在茶叶开汤、审评方面的异同，发现在茶叶开汤、审评上已经出现差别。4个国家茶叶开汤流程一样，但茶叶取样量、加水量、冲泡时长各有差异。杨盛美等[4]通过比较分析茶树品种与肯尼亚茶树品种的红碎茶品质，研究发现云南茶树品种与肯尼亚品种加工的红碎茶中茶多酚、咖啡碱、氨基酸、水浸出物及茶黄素、茶红素、茶褐素含量差异均不显著。但是云南红碎茶中氨基酸、茶黄素含量总体低于肯尼亚红碎茶。

另外以红茶的生产标准、茶叶品质、加工工艺、矿质元素为参考，可分析影响红碎茶品质差异的原因。杨庆渝等[5]提出我国红茶标准基本理化指标与国际标准接轨，但斯里兰卡等国家红茶标准限定了儿茶素和多酚类比值，因此中国有害微生物标准、农药残留标准、重金属标准有待进一步加强。宋楚君等[6]研究发现儿茶素类及其氧化产物生物碱和有机酸类物质为醇厚型红茶中主要滋味贡献物质，而"清鲜"滋味特征主要由茶汤中的游离氨基酸造成。黄维等[7]讨论了加工工艺对红茶品质有重要影响，是红茶品质形成的主要因素之一。赵恬欢等[8]通过对5个国家红茶矿质元素含量进行统计学分析，发现矿质元素Al、Fe、V、K、Ni、Cu、Ba、Na是主要影响因子。多数研究主要是通过香气成分含量的相对多少来确定主要香气成分对红茶品质的贡献程度，但缺少微量香气成分对茶叶品质影响作用这方面的研究。

本研究通过采用气相色谱-质谱法（gas chromatography-mass spectrometry，GC-MS）测定斯里兰卡红碎茶样品及滇红碎茶样品的香气成分，通过主成分分析法对香气成分及含量的差异性进行比较分析，筛选主要影响红碎茶香气品质特征的香气成分，以期为我国红碎茶品质和市场竞争力的提升提供一定理论依据。

1 材料与方法

1.1 材料与试剂

实验材料来源：斯里兰卡红碎茶样品5份及云南省凤庆县红碎茶样品3份，斯里兰卡CTC（crush tear curl）红碎茶分别选自代表斯里兰卡高、中、低海拔的主产茶区（Dimbula、Uva、Nuwara Eliya、Kandy、Ruhuna）生产的切碎—撕裂—卷曲红茶，简称为CTC红碎茶，由斯里兰卡茶叶研究所Mahasen A B Ranatunga博士提供。滇CTC红碎茶选取云南红茶主产地凤庆县生产的3个级别的CTC红碎茶样。两地红碎茶加工方式均为CTC揉切机加工，可能在具体工艺参数上有不同。由于斯里兰卡茶区与云南茶区的地理环境及气候条件存在一定差异，在茶园栽培管理措施上存在一定差异。斯里兰卡红碎茶1～5号代表了斯里兰卡高、中、低海拔的主产茶区生产的CTC茶样，是斯里兰卡CTC红碎茶的典型茶样，也是属于出口茶样。云南红碎茶1～3号选自云南红茶主产区凤庆县，代表了云南主产的1～3级别的红碎茶样，其主要也是属于出口茶样。（本实验统计样本确实较少，但样品具有代表性和典型性，基本能反映斯里兰卡、云南两地CTC红碎茶的香气品质特征）。癸酸乙酯（纯度99%，美国Sigma-Aldrich公司）。

将各茶样进行编号，具体如表1所示。

1.2 仪器设备

SPME手动固相萃取进样器、DVB/CAR/PDMS固相微萃取头（50/30μm）（美国Supeclo公司）；7890A气相色谱仪、5975C质谱仪（美国Agilent公司）；HHS型恒温水浴锅（上海博迅实业有限公司医疗设备厂）；Milli-RO PLUS 30纯水机（法国Millipore公司）。

1.3 实验方法

1.3.1 样品前处理

采用顶空固相萃取（head space-solid phase micro-extraction，HS-SPME）富集香气成分[9]。准确称取1g茶样放入萃取瓶中，加入30mL沸水，加入10μL的内标（90mg/L癸

酸乙酯），然后将装有50/30 μm DVB/CAR/PDM萃取头（实验前在250℃老化15min）的SPME手动固相萃取进样器，通过瓶盖的橡皮垫插入到萃取瓶中，在50℃水浴中平衡10min，推出纤维头，吸附50min后，取出并立即插入气相色谱仪的进样口中，解吸附3min，同时启动仪器收集数据。

1.3.2 仪器条件

（1）色谱条件

安捷伦HB-5MS（30m×0.32mm，0.25μm）弹性石英毛细管柱；进样口温度为240℃，电子捕获检测器（electron capture detector，ECD）温度为250℃；载气为高纯氦气，流速1.0mL/min。柱温程序：50℃保持5min，以3℃/min升至180℃保持2min，然后以10℃/min升至250℃保持3min；实验中尽量将峰分开，保证峰形的对称完整，然后通过质谱进行定性分析。

（2）质谱条件

电子轰击离子（electron impact ion，EI）电离能量为70eV，质量扫描范围为50~600amu，离子源温度为230℃，四极杆温度为150℃，质谱传输线温度为280℃。

由气相色谱-质谱法分析得到的质谱数据经计算机在NIST 98.L标准谱库的检索，查对有关质谱资料，对基峰、质核比和相对峰度等进行分析，结合保留时间和质谱分别对各峰加以确认。采用峰面积归一化法定量，得到各组分的相对含量。

1.3.3 数据处理

采用Excel、R4.0.3软件进行数据分析。

2 结果与分析

2.1 两类红碎茶香气成分及化合物分类分析

2.1.1 两类红碎茶香气成分及含量分析

如表2所示，斯里兰卡红碎茶和滇红碎茶8个样品，共检测出40种香气成分，各香气成分总体含量相近，但略有差异。其中16种香气成分含量滇红碎茶高于斯里兰卡红碎茶，22种香气成分滇红碎茶低于斯里兰卡红碎茶，2种香气成分滇红碎茶与斯里兰卡红碎茶含量相等。反-2-己烯醛、苯乙醇、香叶醇、壬醛香气成分滇红碎茶高于斯里兰卡红碎茶（高出80%以上），分别高出110.00%、108.73%、93.64%、84.91%，二氢猕猴桃内酯、吲哚香气成分滇红碎茶低于斯里兰卡红碎茶（50%以上），分别低至56.19%、52.38%。

从各香气物质所占香气化合物总量的比重来看，水杨酸甲酯（C1）含量占比最高，斯里兰卡红碎茶（21.35%~26.60%）比滇红碎茶（18.49%~29.79%）含量范围跨度略小，斯里兰卡红碎茶最高可达26.60%，滇红碎茶最高可达29.79%，二者均值相近。β-芳樟醇（C2）占比仅低于水杨酸甲酯（C1），斯里兰卡红碎茶（9.63%~15.29%）比滇红碎茶（11.80%~13.84%）含量范围跨度略大，斯里兰卡红碎茶β-芳樟醇（C2）含量最高可达15.29%，滇红碎茶含量最高可达13.84%，其均值相近。

表1 CTC红碎茶样品信息

编号	名称	产地	生产日期	来源
1	斯CTC 1号	Dimbula, Sri Lanka	2018.6	斯里兰卡茶叶研究所提供
2	斯CTC 2号	Uva, Sri Lanka	2018.6	斯里兰卡茶叶研究所提供

续表1

编号	名称	产地	生产日期	来源
3	斯 CTC 3 号	Nuwara Eliya, Sri Lanka	2018.6	斯里兰卡茶叶研究所提供
4	斯 CTC 4 号	Kandy, Sri Lanka	2018.6	斯里兰卡茶叶研究所提供
5	斯 CTC 5 号	Ruhuna, Sri Lanka	2018.6	斯里兰卡茶叶研究所提供
6	滇 CTC 1 号	云南省凤庆县	2018.8	凤庆县三宁茶业有限责任公司提供
7	滇 CTC 2 号	云南省凤庆县	2018.8	凤庆县三宁茶业有限责任公司提供
8	滇 CTC 3 号	云南省凤庆县	2018.8	凤庆县三宁茶业有限责任公司提供

表2 不同种类红碎茶香气成分及相对含量 (%)

编号	香气组分	1 斯CTC1	2 斯CTC2	3 斯CTC3	4 斯CTC4	5 斯CTC5	斯均值	6 滇CTC1	7 滇CTC2	8 滇CTC3	滇均值	高出百分比
C1	水杨酸甲酯	26.60	23.53	23.74	22.33	21.35	23.51	29.79	20.49	18.49	22.92	−2.51
C2	β - 芳樟醇	13.72	6.81	15.29	10.53	9.63	11.20	13.84	12.75	11.80	12.80	14.29
C3	反 −2− 反 −4− 庚二烯醛	6.24	6.63	2.98	6.53	5.53	5.58	2.43	4.27	5.11	3.94	−29.39
C4	β - 紫罗酮	5.57	9.15	7.28	9.53	10.80	8.47	4.69	6.88	8.53	6.70	−20.90
C5	橙花叔醇	4.35	5.25	5.61	4.18	4.46	4.77	4.74	3.95	3.81	4.17	−12.58
C6	苯甲醛	3.58	2.71	2.61	4.61	5.37	3.78	2.91	7.64	6.68	5.74	51.85
C7	反, 反 −3,5− 辛二烯 −2− 酮	2.95	3.10	1.63	2.61	2.40	2.54	0.95	1.56	1.97	1.49	−41.34
C8	顺 − 己酸 −3− 己烯酯	2.79	3.08	4.22	2.49	2.19	2.95	2.33	2.17	1.77	2.09	−29.15
C9	香叶醇	2.67	3.01	6.99	2.87	0.96	3.30	8.19	5.43	5.54	6.39	93.64
C10	吲哚	2.51	1.98	2.53	1.40	1.05	1.89	1.15	0.72	0.83	0.90	−52.38
C11	反香叶基丙酮	2.45	5.28	4.43	4.09	3.58	3.97	2.49	2.29	2.82	2.53	−36.27
C12	氧化芳樟醇	2.31	1.20	1.65	1.13	0.69	1.40	2.80	1.78	1.65	2.08	48.57
C13	反 −2− 己烯醛	1.99	1.82	0.52	2.42	1.24	1.60	1.78	4.11	4.20	3.36	110.00
C14	β - 环柠檬醛	1.89	1.30	1.16	1.59	2.14	1.62	1.15	1.70	1.81	1.55	−4.32
C15	二氢猕猴桃内酯	1.85	3.68	2.44	3.54	3.42	2.99	1.03	1.24	1.65	1.31	−56.19
C16	α - 紫罗酮	1.42	2.61	1.57	2.08	2.76	2.09	1.53	2.46	3.08	2.36	12.92
C17	5,6− 环氧 −β 紫罗酮	1.15	2.28	1.52	2.20	2.09	1.85	0.81	1.22	1.58	1.20	−35.14
C18	氧化芳樟醇 1	1.09	0.62	0.81	0.69	0.63	0.77	1.20	0.89	0.96	1.02	32.47
C19	苯乙醇	1.03	1.07	0.82	0.98	2.40	1.26	2.28	2.73	2.87	2.63	108.73
C20	α - 法尼烯	1.00	1.17	1.42	1.01	1.87	1.29	1.96	2.37	1.63	1.99	54.26

续表2

编号	香气组分	1 斯CTC1	2 斯CTC2	3 斯CTC3	4 斯CTC4	5 斯CTC5	斯均值	6 滇CTC1	7 滇CTC2	8 滇CTC3	滇均值	高出百分比
C21	2-正戊基呋喃	1.00	0.89	0.74	0.79	0.92	0.87	0.67	0.82	0.62	0.70	-19.54
C22	己酸己配	0.96	1.21	1.18	0.81	0.87	1.01	0.99	0.94	0.76	0.90	-10.89
C23	3,7-二甲基-2,6-二辛烯醛	0.91	1.22	0.93	1.74	1.82	1.32	1.48	2.00	1.89	1.79	35.61
C24	3,5-辛二烯-2-酮	0.86	1.14	0.51	0.95	1.11	0.91	0.48	0.66	0.77	0.64	-29.67
C25	顺-3-己烯基-α-甲基丁酸酯	0.85	0.78	0.80	0.73	0.52	0.74	0.52	0.47	0.39	0.46	-37.84
C26	壬醛	0.81	0.60	0.31	0.38	0.56	0.53	0.64	1.16	1.14	0.98	84.91
C27	6-甲基-5-庚烯-2-酮	0.78	0.90	0.50	0.79	0.70	0.73	0.36	0.63	0.71	0.57	-21.92
C28	癸醛	0.75	0.62	0.23	0.57	0.59	0.55	0.72	0.70	0.81	0.74	34.55
C29	反-戊酸-2-己烯酯	0.75	1.04	1.03	0.98	1.13	0.99	0.69	0.61	0.54	0.61	-38.38
C30	α-萜品醇	0.74	0.55	0.61	0.53	0.57	0.60	0.89	0.86	0.75	0.83	38.33
C31	反-丁酸-3-己烯酯	0.58	0.40	0.75	0.39	0.39	0.50	0.34	0.26	0.23	0.28	-44.00
C32	反,反-2,4-癸二烯醛	0.52	0.68	0.23	0.59	0.35	0.47	0.20	0.33	0.39	0.31	-34.04
C33	反-2-壬烯醛	0.52	0.35	0.42	0.48	0.53	0.46	0.38	0.52	0.61	0.50	8.70
C34	β-达马烯酮	0.49	0.62	0.62	0.81	1.88	0.88	0.68	0.53	0.50	0.57	-35.23
C35	藏红花醛	0.41	0.27	0.33	0.38	0.73	0.42	0.80	0.71	0.69	0.73	73.81
C36	反,反-2,4-壬二烯醛	0.41	0.70	0.29	0.48	0.57	0.49	0.27	0.52	0.67	0.49	0.00
C37	3-己烯-1-醇	0.40	0.31	0.41	0.50	0.31	0.39	0.35	0.26	0.26	0.29	-25.64
C38	脱氢-β-紫罗兰酮	0.38	0.44	0.32	0.53	0.94	0.52	0.62	0.43	0.51	0.52	0.00
C39	6-甲基-5-乙基-3-庚烯-2-酮	0.38	0.65	0.28	0.37	0.60	0.46	0.32	0.45	0.52	0.43	-6.52
C40	橙花醇	0.34	0.35	0.29	0.39	0.35	0.34	0.55	0.49	0.46	0.50	47.06

2.1.2 两类红碎茶香气化合物分类分析

如表3所示,在40种香气成分中。其中,醛类11种、酮类10种、醇类9种、酯类7种、烯类1种、吲哚1种、呋喃1种,酯类、醇类、酮类、醛类化合物是构成两类红碎茶香气特征的主要物质。其中,烯类香气成分滇红碎茶比斯里兰卡红碎茶高出最为明显,高出53.53%,吲哚类香气成分滇红碎茶比斯里兰卡红碎茶低出最为明显，低出52.48%。

各香气成分中，酯类占比最高，斯里兰卡红碎茶（29.87%～34.38%）比滇红碎茶（23.83%～35.69%）范围跨度相对较小，斯里兰卡红碎茶最高可达34.38%，滇红碎茶最高可达35.69%。其次为醇类，斯里兰卡红碎茶（19.17%～32.48%）比滇红碎茶（28.10%～34.84%）总体含量相对较低，酮类和醛类含量相近，处于中等水平。呋喃类、烯类、吲哚类香气成分占比最低。

2.2 斯里兰卡红碎茶与滇红碎茶主成分分析及各香气成分贡献度

2.2.1 斯里兰卡红碎茶与滇红碎茶8个样品主成分分析

对斯里兰卡红碎茶和滇红碎茶8个茶样进行主成分分析，由图1可知，主成分1（Dim1）和主成分2（Dim2）分别占变化的37.7%和32.5%，该主成分分析的2个成分共代表总变化的65.81%。第一主成分将8个样品分成两类，样品6、7、8号为一类，样品1、2、3、4、5号为另一类，说明斯里兰卡红碎茶与滇红碎茶是两类不同类别的样品。其中样品2号最能代表斯里兰卡红碎茶特征，样品7号最能代表滇红碎茶特征。

2.2.2 各香气成分贡献度

由图1横纵坐标轴两侧各香气成分贡献度可知，以第一主成分（Dim1）为分界，右侧样品为1、2、3、4、5号样品，代表斯里兰卡红碎茶，其贡献值为正，左侧样品为6、7、8号样品，代表滇红碎茶，其贡献值为负，分析发现各香气成分中二氢猕猴桃内酯（C15）、反-戊酸-2-己烯酯（C29）、反香叶基丙酮（C11）最能代表斯里兰卡红碎茶香气特征，α（C30）、橙花醇（C40）、藏红花醛（C35）最能代

表滇红碎茶香气成分特征。虽水杨酸甲酯（C1）相对含量最高，但对斯里兰卡红碎茶香气特征的代表性最差，同样脱氢-β-紫罗兰酮（C38）对滇红碎茶香气特征的代表性最差。

3 结论与讨论

研究表明，两地红碎茶水杨酸甲酯（C1）含量占比最高，其次为β-芳樟醇，反-2-反-4-庚二烯醛（C3）、β-紫罗酮（C4）相对含量均在5%以上。说明这几类香气成分在很大程度上决定了茶叶的香气特征。水杨酸甲酯[10~13]、反-2-反-4-庚二烯醛、β-紫罗酮[14~16]、芳樟醇及其氧化物[17]均带有独特的香气特征，而红茶香气形成与原料生态环境、加工工艺有密切的联系。结合两地特征性香气的差异及前人研究结果，斯里兰卡茶园独特的气候条件、海拔高度、土壤质地[18]、加工工艺[1]、茶树品种[19]更有可能会促进二氢猕猴桃内酯（C15）、反-戊酸-2-己烯酯（C29）香气成分的合成；滇红茶园气候条件及加工工艺[20~22]有可能会促进α-萜品醇（C30）、橙花醇（C40）的合成。本研究中酯类含量最高，而醛类和醇类化合物略低于酯类，一方面是由于CTC红碎茶通过撕裂等特殊加工方式使茶叶细胞损伤，促进其内含物质的降解、转化；另一方面是与传统工艺相比，CTC萎凋较轻，发酵能力更强，使醇类转化为酯类[23]。王秋霜等[24]研究，与本研究结果部分一致，但本研究提出二氢猕猴桃内酯（C15）、反-戊酸-2-己烯酯（C29）均能很大程度地代表斯里兰卡红碎茶香气特征。此外，任洪涛等[25]也提出云南红茶中具有含量较高的醇类和醛类物质对红茶香气品质起重要贡献。原因有3方面：（1）比较对象不同，该研究中是斯里兰卡红茶与祁门红

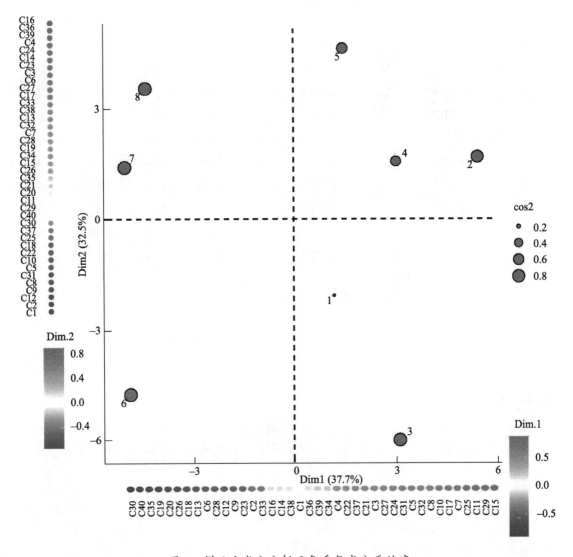

图 1 样品主成分分析及各香气成分贡献度

茶和英红九号红茶进行对比，而本研究中是斯里兰卡红碎茶与滇红碎茶进行对比；（2）分析方法不同，该研究中指示性香气成分是以含量相对高低得出，而本研究中是以是通过主成分分析将滇红碎茶与斯里兰卡红碎茶进行区分，再通过各香气对主成分贡献值来确定指示性香气成分。（3）产品规格不同，红碎茶不同规格，香气成分及含量也有明显区别[26]。

表 3 香气化合物分类 (%)

编号	组分名称	酯	醇	酮	醛	吲哚	烯	呋喃
1	斯 CTC1	34.38	26.65	16.43	18.03	2.51	1.00	1.00
2	斯 CTC2	33.72	19.17	26.17	16.90	1.98	1.17	0.89

续表3

编号	组分名称	酯	醇	酮	醛	吲哚	烯	呋喃
3	斯 CTC3	34.16	32.48	18.66	10.01	2.53	1.42	0.74
4	斯 CTC4	31.27	21.80	23.96	19.77	1.40	1.01	0.79
5	斯 CTC5	29.87	20.00	26.86	19.43	1.05	1.87	0.92
	斯－均值	32.68	24.02	22.42	16.83	1.89	1.29	0.87
6	滇 CTC1	35.69	34.84	12.93	12.76	1.15	1.96	0.67
7	滇 CTC2	26.18	29.14	17.11	23.66	0.72	2.37	0.82
8	滇 CTC3	23.83	28.10	20.99	24.0	0.83	1.63	0.62
	滇－均值	28.57	30.69	17.01	20.14	0.90	1.99	0.70
	高出百分比	-12.59	27.78	-24.12	19.68	-52.48	53.53	-18.97

综上所述，本研究通过主成分分析法可明显区分斯里兰卡红碎茶与滇红碎茶香气特征。两类红碎茶中，水杨酸甲酯占比最高，二氢猕猴桃内酯（C15）、反-戊酸-2-己烯酯（C29）最能代表斯里兰卡红碎茶香气特征；α-萜品醇（C30）、橙花醇（C40）最能代表滇红碎茶香气特征。

参考文献：

[1] 谢丰镐. 红茶国际市场广阔出口前景非常光明[J]. 茶博览, 2019 (5): 92-94.

[2] 许咏梅, 施云峰. 中国红茶出口国际市场的竞争力比较分析—中国与斯里兰卡、印度、肯尼亚、印度尼西亚等国的比较[J]. 茶叶, 2018, 44(4): 183-186.

[3] 潘彬. 世界主要产茶国红碎茶感官审评异同点比较[J]. 中国茶叶, 2019, 41(2): 38-42.

[4] 杨盛美, 唐一春, 段志芬, 等. 云南茶树品种与肯尼亚茶树品种的红碎茶品质成分比较研究[J]. 中国农学通报, 2019, 35(22): 136-141.

[5] 杨庆渝, 常录. 中国与斯里兰卡茶叶标准比对分析[J]. 标准科学, 2019 (7): 17-20.

[6] 宋楚君, 范方媛, 龚淑英, 等. 不同产地红茶的滋味特征及主要贡献物质[J]. 中国农业科学, 2020, 53(2): 383-394.

[7] 黄维, 胡秀, 廖金梅, 等. 加工工艺对工夫红茶品质特点影响的研究进展[J]. 茶业通报, 2021, 43(1): 32-36.

[8] 赵恬欢. 不同地区红茶矿质元素分析及产地特征研究[D]. 福州: 福建农林大学, 2015.

[9] 郑鹏程, 刘盼盼, 龚自明, 等. 湖北红茶特征性香气成分分析[J]. 茶叶科学, 2017, 37(5): 465-475.

[10] 李家贤, 何玉媚, 黄华林, 等. 英红6号红茶香气成分的研究[J]. 广东农业科学, 2009 (12): 37-38.

[11] 张俊, 唐一春, 包云秀, 等. 佛香茶与大叶茶香气特征比较[J]. 西南农业学报, 2005 (2): 183-185.

[12] 孙彦. 杭白菊和龙井茶香气成分研究[D]. 杭州: 浙江大学, 2012.

[13] 王秋霜, 陈栋, 许勇泉, 等. 广东红茶香气成分的比较研究[J]. 茶叶科学, 2012, 32(1): 9–16.

[14] ZHENG CH, KIM TH, KIM KH, et al. Character-ization of potent aroma compounds in *Cgrysanthemum coronarium* L. (Garland) using aroma extract dilution analysis [J]. Flavour Fragr, 2004, 19: 401–405.

[15] 降升平, 张小红, 张玲玲, 等. 4个品种茶叶的香气成分比较[J]. 食品研究与开发, 2013, 34(15): 66–70.

[16] 钟秋生, 吕海鹏, 林智, 等. 东方美人茶和铁观音香气成分的比较研究[J]. 食品科学, 2009, 30(8): 182–186.

[17] 赵和涛. 红茶香气形成机制及提高途径[J]. 蚕桑茶叶通讯, 1989 (4): 21–23.

[18] 邓西海, 蒋其鳌, 周凌云. 世界主要优质红茶化学成分与产地环境研究[J]. 土壤, 2008 (4): 672–675.

[19] 王志岚, 陈亮. 斯里兰卡茶产业与茶树育种[J]. 世界农业, 2011 (9): 16–20.

[20] 梁名志, 王平盛, 浦绍柳, 等. 云南红碎茶制造工艺初探[J]. 中国茶叶, 2003 (6): 24–25.

[21] 张成仁. 滇红工夫茶的品质特征及加工技术[J]. 中国茶叶加工, 2018 (4): 58–62.

[22] 邓少春, 梁名志, 田易萍, 等. 三个茶树新品种加工手工滇红碎茶品质对比研究[J]. 中国农学通报, 2016, 32(1): 125–129.

[23] 刘洪林, 曾艺涛, 赵欣. HS-SPME-GC-MS对传统红碎茶和CTC红碎茶挥发性化合物分析和比较[J]. 食品科学, 2019, 40(18): 248–252.

[24] 王秋霜, 乔小燕, 吴华玲, 等. 斯里兰卡五大区域红茶香气物质的HS-SPME/GC-MS研究[J]. 食品研究与开发, 2016, 37(22): 128–133.

[25] 任洪涛, 周斌, 方林江, 等. 云南红茶的香气特征研究[J]. 茶叶科学技术, 2012 (3): 1–8.

[26] 李真, 刘政权, 刘紫燕, 等. 国外红碎茶的香气特征[J]. 安徽农业大学学报, 2015, 42(5): 692–699.

——原载于《食品安全质量检测学报》2021年第21期

基金项目: 云南省科技厅重大科技专项项目（2018ZG009）、国家种质资源平台项目（勐海）（NICGR-2019-064）、云南省重大科技专项计划项目（202102AE090038）、云南省绿色食品牌打造科技支撑行动（茶叶）专项项目

不同季节"紫娟"白茶香气组分探究

许　燕　孙云南　玉香甩　田易萍　浦绍柳*

（云南省农业科学院茶叶研究所/云南省茶学重点实验室，云南勐海，666201）

摘　要：采用顶空-固相微萃取法和气相色谱-质谱联用技术，对不同季节紫娟白茶进行香气成分的测定，同时采用内标法确定各香气成分的相对含量，并对结果进行比较与特征分析。结果表明，在4个不同季节的紫娟白茶样品中检出特征香气成分40种，主要包括醇类、醛类、酯类、酮类、酸类、杂环类等六大类化合物，萜烯指数的范围为0.950~0.973。对不同季节紫娟白茶香气进行评价，结果显示：春茶最好秋茶次之夏茶最差。本研究结果为分析不同季节紫娟白茶的主要香气物质和通过香气成分识别不同季节紫娟白茶提供了理论依据。

关键词：紫娟；白茶；香气

"紫娟"（ *C. assamica* var. *Zijuan* ）是云南省农业科学院茶叶研究所培育出的一个特异茶树品种，其幼嫩新梢、芽、叶、茎富含花青素外观呈现紫色，且制成干茶和茶汤皆为紫色，是云南的一个珍稀茶树品种[1~3]。目前，是花青素含量最高的一个茶树品种，具有较高的开发利用价值。

白茶是中国传统六大茶类之一，富含多种活性成分，具有提神、利尿、抗突变、抗肿瘤、降血脂、消炎、抗过敏反应等生理功能。其加工工艺简单不像其他茶类，仅萎凋和干燥两个关键加工工序[4~5]。

香气是茶叶品质评价的关键因子之一，其组成非常复杂[6]。目前，茶叶香气组成的研究已成为茶叶品质研究的重点领域，像绿茶、黑茶（普洱茶）、红茶和乌龙茶等的相关研究屡见不鲜。然而，目前关于紫娟白茶乃至云南地区白茶的香气研究很少。本文选取了不同季节的紫娟白茶，分析了其香气成分差异，以初步探明紫娟白茶香气成分物质，为茶叶香气的改善提供理论参考。

1　材料与方法

1.1　材料

2019年5月至2020年3月，以云南省农业科学院茶叶研究所科研试验基地内种植的紫娟茶为材料，按照一芽二叶采摘标准采摘鲜叶，以相同的工艺[7]（萎凋—干燥），制备紫娟白茶样品4个，分别是2019年春茶、2019年夏茶、2019年秋茶、2020年春茶。

1.2　香气组分分析

以相同工艺制备的紫娟白茶送农业农村部茶叶质量监督检验测试中心进行茶叶香气成分分析测试。

1.3 数据分析

采用 Excel 2010 软件进行数据的基本统计分析。

2 结果与分析

经分析鉴定，不同季节的4个紫娟白茶样品中共检测出主要香气成分化合物40种，见表1。其中，醇类化合物含量最高，种类最多有17种；其次是醛类、酮类化合物各包含7种；接下来是酯类化合物3种，酸类化合物1种，杂氧化合物3种，含硫化合物1种，内酯化合物1种。4个不同季节紫娟白茶的香气化合物种类相同，但含量差异较大。醇类、酯类、醛类、酮类可能是紫娟白茶的主要香气物质。（见图1）

表 1　不同季节紫娟白茶香气成分的相对含量

序号	香气物质	相对含量 %			
		2019 年春茶	2019 年夏茶	2019 年秋茶	2020 年春茶
1	β-芳樟醇	23.86	30.28	38.51	39.96
2	氧化芳樟醇 II(呋喃型)	14.34	19.68	15.20	13.33
3	水杨酸甲酯	13.98	6.70	8.07	14.08
4	氧化芳樟醇 I(呋喃型)	5.54	8.79	5.11	3.20
5	苯甲醛	3.99	2.94	2.81	1.77
6	反 -3,7-芳樟醇氧化物	3.75	5.14	3.75	3.31
7	2-甲基丁醛	3.72	3.22	2.67	1.55
8	香叶醇	2.63	2.16	2.98	1.67
9	1-辛烯 -3-醇	2.39	0.40	0.66	1.43
10	β-紫罗酮	2.00	0.67	1.23	0.44
11	苯乙醇	1.95	3.43	1.48	0.82
12	β-环柠檬醛	1.73	0.71	0.99	0.32
13	脱氢芳樟醇	1.68	1.87	1.73	0.10
14	2-正戊基呋喃	1.40	0.97	1.55	1.76
15	橄榄醇	1.27	0.49	0.57	0.37
16	正己醛	1.21	0.56	1.16	0.71
17	苯甲醇	1.13	0.89	0.77	1.20
18	二氢猕猴桃内酯	0.91	0.21	0.20	0.10
19	藏红花醛	0.90	0.95	0.43	0.27
20	5,6-环氧 -β-紫罗酮	0.89	0.16	0.31	0.20
21	异戊酸叶醇酯	0.89	0.88	0.81	1.25
22	反 -3-己烯醇	0.89	0.59	0.46	3.00
23	6-甲基 -5-乙基 -3-庚烯 -2-酮	0.87	0.19	0.39	0.18

续表 1

序号	香气物质	相对含量 %			
		2019 年春茶	2019 年夏茶	2019 年秋茶	2020 年春茶
24	辛醇	0.84	0.23	0.32	0.32
25	反 -3,7- 芳樟醇氧化物	0.80	1.24	0.63	0.31
26	二甲硫	0.71	1.29	1.53	0.82
27	壬醇	0.63	0.19	0.14	0.34
28	α - 萜品醇	0.63	1.02	0.83	0.61
29	反,反 -3,5- 辛二烯 -2- 酮	0.50	0.26	0.48	0.21
30	2- 乙基呋喃	0.47	0.10	0.39	0.40
31	苯乙酮	0.47	0.79	0.27	0.10
32	苯乙醛	0.41	0.48	0.44	0.12
33	2- 庚醇	0.40	1.60	1.68	4.13
34	壬酸	0.39	0.12	0.27	0.13
35	丙酸丁酯	0.35	0.18	0.16	0.10
36	6- 甲基 -3,5- 庚二烯 -2- 酮	0.34	0.11	0.18	0.11
37	2- 乙基 -3- 甲基 - 丁醛	0.30	0.10	0.24	0.10
38	2,6,6- 三甲基环己烷酮	0.30	0.14	0.18	0.11
39	顺 -2-（2- 戊烯基）呋喃	0.28	0.12	0.27	0.16
40	己醇	0.26	0.17	0.16	0.90

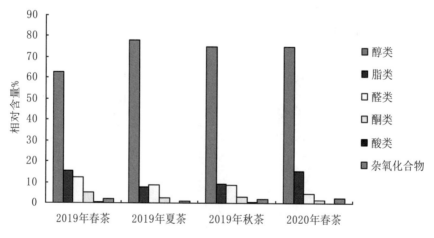

图 1　不同季节紫娟白茶香气成分相对含量对比

2.1 醇类化合物

4个样品的香气成分醇类化合物的种类最多、含量最高，在62.99%～78.17%，其中含量最高的是2019年夏茶，最低的是2019年春茶。β-芳樟醇及其芳樟醇氧化物在4个样品中含量均为最高；差异较大的是1-辛烯-3-醇和2-庚醇，2019年春茶中1-辛烯-3-醇的含量为2.39%，2019年夏茶的含量为0.40%，2-庚醇含量从高到低依次为2020年春茶（4.13%）＞2019年秋茶（1.68%）＞2019年夏茶（1.60%）＞2019年春茶（0.40%）。

2.2 酯类化合物

酯类化合物在4个样品中均检出水杨酸甲酯、异戊酸叶醇酯、丙酸丁酯3种，2019年春茶和2020年春茶含量相对较高，2019年夏茶最低，仅为2020年春茶的1/2。四个检测样中，水杨酸甲酯均为主要的脂类化合物。

2.3 醛类化合物

醛类化合物在4个样品中均检出7种，2019年春茶含量最高，其含量为2020年春茶含量的2.53倍，2019年夏茶和2019年秋茶含量相当。苯甲醛（苦杏仁气味）和2-甲基丁醛是主要醛类化合物。

2.4 酮类化合物

酮类化合物在4个样品中均检出7种，但差异较大，2019年春茶含量最高，为5.37%，2020年春茶含量最低，仅有1.35%。2019年夏茶和2019年秋茶含量分别为2.32%、3.04%，含量最高的化合物均为β-紫罗酮。

2.5 杂氧化合物

杂氧化合物在4个样品中均检出3种，

除2019年夏茶含量较低外，2019年春茶、2019年秋茶、2020年春茶差异不大，分别为2.15%、2.21%、2.32%。

2.6 内酯类化合物

内酯类化合物仅检出二氢猕猴桃内酯，为4个样品共有，含量为2019年春茶（0.91%）＞2019年夏茶（0.21%）＞2019年秋茶（0.20%）＞2020年春茶（0.10%），2019年春茶和2020年春茶差异显著。

2.7 酸类化合物

壬酸呈淡的脂肪和椰子香气，是4个样品中检出的唯一一种酸类化合物。在2019年夏茶和2020年春茶中含量相当，仅为2019年春茶的1/3。

2.8 含硫化合物

二甲硫是一种具有海带样气味的挥发性物质，于1963年在煎茶中被检出，在日本蒸青茶中大量存在，红茶中也有发现。在送检的4个紫娟白茶样品中均被检出，含量依次为2019年秋茶＞2019年夏茶＞2020年春茶＞2019年春茶。

3 小 结

白茶属轻微发酵茶，加工工艺最为简单，它不经揉炒，只需要经过萎凋和干燥两个工序，独特的加工工艺决定了它具有不同于其他茶类的独特香型[8]。4个不同季节紫娟白茶样品中香气物质的种类相同，但是其含量及组成差异较大，且各种挥发性物质的香型和香气阈值各不相同，造成了不同季节的紫娟白茶的香型特征也各不相同。

香气成分的一致性和它们的原料、制作工艺密不可分。送检的4个紫娟白茶中，β-

芳樟醇含量最高，随存放时间的增加含量逐渐减少，这与前人的研究结果一致[9, 10]。酯类化合物以水杨酸甲酯为主，且春茶含量较高；醛类化合物以苯甲醛为主，酮类化合物以β-紫罗酮为主，这两种化合物新茶中含量较低。

在查阅茶叶香气的相关文献和研究发现，二甲硫、壬酸、2-庚醇3种化合物属紫娟白茶特有的香气成分，是否是紫娟白茶的香气特征成分，是否是大叶种白茶的特有香气成分，还有待进一步研究。

参考文献：

[1] 包云秀，夏丽飞，李友勇，等. 茶树新品种"紫娟"[J].园艺学报,2008,35(6):934.

[2] 王燕，杨晓萍，陈波伟，等. 紫娟茶花青素的研究进展[J]. 食品安全质量检测学报, 2017, 8(11): 4253-4258.

[3] 戴妙妙，马红青，王婷婷，等. 紫娟茶中花青素的抑菌性研究[J]. 食品研究与开发, 2017, 38(3): 28-31. 45.

[4] 刘菲，孙威江. 白茶品质研究进展[J]. 食品工业科技, 2015, 36(10):365-369.

[5] 郭丽，郭雅玲，廖泽明，等. 中国白茶的香气成分研究[J]. 食品安全质量检测学报, 2015, 6(9): 3581-3586

[6] 施梦南，龚淑英. 茶叶香气研究进展[J]. 茶叶, 2012, 38(1): 19-23.

[7] GB/T 22291—2017, 白茶[S]. 北京: 中国标准出版社, 2017.

[8] 王力，蔡良绥，林智. 顶空固相萃取—气质联用法分析白茶的香气成分[J]. 茶叶科学, 2010, 30(2): 115-123.

[9] 晏祥文，钟一平，吕世懂，等. 云南月光白茶和福建白毫银针白茶香气成分的对比研究[J]. 食品研究与开发, 2019, 40(13): 171-177.

[10] 刘琳燕，周子维，邓慧莉，等. 不同年份白茶的香气成分[J]. 福建农林大学学报(自然科学版), 2015, 44(1):27-33.

——原载于《湖北农业科学》2022年第11期

项目基金：现代农业产业技术体系建设专项（CARS-23），云南省农业科学院茶叶研究所所长基金资助项目。

不同年份德昂族酸茶的化学成分含量
与感官品质评价

马玉青[1]   赵 碧[1]   杨天铭[2]   潘联云[1]   冉隆珣[1]   梁名志[1*]   杨世达[3]   杨明帮[4]

（1.云南省农业科学院茶叶研究所/云南省茶学重点实验室，云南勐海，666201；2.云南大学，云南昆明，650504；3.德宏州茶叶技术推广站，云南芒市，678400；4.德宏州芒市茶叶技术推广站，云南芒市，678499）

摘 要：【目的】探明德昂族酸茶储藏过程中化学成分含量及感官品质的变化，为其加工与储藏工艺的改进和品质鉴定提供科学依据。【方法】采用紫外可见分光光度法、高效液相色谱法检测储藏2年、储藏4年、储藏5年、储藏7年和储藏8年德昂族酸茶的德昂族酸茶样品中茶多酚、游离氨基酸和咖啡碱等含量的变化，并对其感官品质进行评价。【结果】随着储藏时间的延长，德昂族酸茶的水浸出物、游离氨基酸和咖啡碱呈下降趋势，水分含量与儿茶素总量呈先升后降趋势，儿茶素组分中，除儿茶素(+C)含量呈逐渐下降趋势外，表没食子儿茶素(EGC)、表儿茶素(EC)、表没食子儿茶素没食子酸酯(EGCG)和表儿茶素没食子酸酯(ECG)含量均呈先升后降趋势；不同储藏时间德昂族酸茶茶多酚、游离氨基酸、咖啡碱、水浸出物、可溶性糖和水分含量分别为21.14%~29.61%、2.46%~2.69%、3.11%~3.28%、3.59%~5.30%和7.37%~8.37%；没食子酸(GA)、EGC、EC、EGCG、ECG、+C和儿茶素总量分别为0.66%~1.32%、2.58%~4.93%、4.03%~7.08%、3.19%~7.41%、1.86%~3.41%、1.86%~2.52%和15.06%~22.47%，感官评价综合得为87.20~90.25分，依次为储藏2年＞储藏8年＞储藏5年＞储藏7年＞储藏4年。【结论】在自然仓储过程中德昂族酸茶的理化成分与感官品质均有不同程度的变化，适当延长储藏时间，有利于提升其品质。

关键词：酸茶；仓储时间；高效液相色谱；儿茶素；氨基酸；化学成分；感官品质

【研究意义】酸茶又称腌茶，史称谷茶，是流行于泰国、缅甸、日本及中国云南少数民族地区的发酵茶品[1]。云南布朗族和德昂族等少数民族均有制作和食用或饮用酸茶的习俗，尤其以德昂族制作的酸茶最具代表性。酸茶作为德昂族最具特色的茶品，与德昂族人的生产和生活紧密相连。德昂族人把采摘来的一芽3~4叶大叶种茶鲜叶放入竹筒里压紧，再将竹筒口密封，使之发酵后食用或储藏。传统德昂族人在劳作困乏时，取出发酵好或自然存储的酸茶放入口中咀嚼可提神解乏，茶味酸苦带甜，滋味回甘、爽口。酸茶也可泡饮，滋味甘醇顺滑，口鼻清香，风味独特。在德昂族，酸茶既可当菜，又可当食品或饮品。德昂族人制作的酸茶口

注：★为通信作者。

感独特，具有清热解暑、爽神润喉和增进消化等功效[2]。发酵后的酸茶储藏数年可变得酸甜醇厚，因此，探究德昂族酸茶在发酵后的自然储藏过程中化学成分与感官品质的变化，以及不同储藏时间酸茶的品质差异，对传统民族饮品德昂族酸茶的推广与品质提升具有重要意义。【前人研究进展】酸茶作为一种特色民族传统保健食品，近年来受到越来越多的关注，但相关研究报道主要集中在茶俗、茶史的收集整理[3~7]及传统酸茶的制作工艺方面[8~10]。丁菊英等[11]对德昂族日常生活中的迎客茶、敬客茶、送客茶、请帖茶、回心茶、和睦茶和调解茶等茶文化进行了深入的解读。杨旭[12]记述了德昂族酸茶制作工艺的大量经验与细节，并对德昂族酸茶的应用及其茶文化进行了解读。厌氧发酵技术是德昂族酸茶的传统制作工艺关键，SUKONTASING等[13~16]报道了酸茶厌氧发酵过程中的微生物群落和化学品质的变化。鲜见不同年份酸茶储藏过程中化学成分含量与感官品质评价的研究报道。【研究切入点】以不同年份发酵后的成品酸茶为研究对象，探究德昂族酸茶样品中水浸出物、茶多酚、可溶性糖、游离氨基酸、咖啡碱以及儿茶素单体、没食子酸、氨基酸及化学成分的含量差异，并对其感官品质进行评价。【拟解决的关键问题】探明不同年份酸茶储藏过程中化学成分含量及感官品质的变化，以期为其加工与仓储工艺的改进和品质鉴定提供科学依据。

1 材料与方法

1.1 材料

1.1.1 酸茶样品

共计5个年份德昂族酸茶样品，分别为2019年（储藏2年）、2017年（储藏4

年）、2016年（储藏5年）、2014年（储藏7年）和2013年（储藏8年）。原料均采自德宏州芒市三台山的一芽3～4叶茶鲜叶，按德昂族传统酸茶制作工艺制作而成（工艺流程：大叶种鲜叶→杀青→揉捻→厌氧发酵→取出压制→切块→晒干→成品），酸茶成品贮藏于清洁、通风、干燥的室内。

1.1.2 仪器与设备

电热水浴锅（北京市永光明医疗仪器有限公司）、UV-1400PC型紫外可见分光光度计（上海美析仪器有限公司）、ME204/02电子天平（梅特勒–托利多仪器有限公司）、高速离心机（湖南湘仪实验室仪器开发有限公司）、电热恒温鼓风干燥箱（上海力辰帮西仪器科技有限公司）、Waters-E/2695高效液相色谱仪（德国Waters公司）、植物粉碎机（永康市铂欧五金制品有限公司）、UPH-I-10T超纯水机（四川优普超纯科技有限公司）；SK2200HP超声波清洗器（上海科导超声仪器有限公司）；SHZ-DIII循环水式真空泵（巩义市予华仪器有限责任公司）。

1.1.3 试剂

儿茶素（C）、表儿茶素（EC）、表没食子儿茶素（EGC）、表儿茶素没食子酸酯（ECG）、表没食子儿茶素没食子酸酯（EGCG）、没食子酸（GA）、咖啡碱（CAF）和L-茶氨酸等21种氨基酸标准品，均购自上海源叶生物科技有限公司；磷酸二氢钾（KH_2PO_4）、磷酸氢二钠（$Na_2HPO_4 \cdot 2H_2O$）、氯化亚锡（$SnCl_2 \cdot 2H_2O$）、福林酚试剂、水合茚三酮（$C_9H_6O_4$）、D（+）-无水葡萄糖、碳酸钠（Na_2CO_3）、碱式乙酸铅（$C_4H_8O_6Pb_2$）和盐酸（HCl），均购自天津市风船化学试剂科技有限公司；甲

醇（HPLC≥98%），购自德国Merck KGaA公司；乙腈（HPLC≥98%），购自美国Sigma公司。甲醇、乙腈和乙酸为色谱纯，其余试剂均为分析纯，试验用水为超纯水。

1.2 方法

1.2.1 试验设计

按茶样储藏时间或年份不同共设5个处理，即每个储藏时间或年份茶样为1个处理，处理1，储藏2年（2019年）；处理2，储藏4年（2017年）；处理3，储藏5年（2016年）；处理4，储藏7年（2014年）；处理5，储藏8年（2013年）。

1.2.2 指标测定

不同年份的酸茶取样按GB/T 8302—2013[17]规定进行。水分含量按GB 5009.3—2016[18]规定测定，水浸出物含量按GB/T 8305—2013[19]的规定测定，儿茶素组分与茶多酚含量按GB/T 8313—2018[20]规定测定，游离氨基酸含量按GB/T 8314—2013[21]规定测定，咖啡碱含量按GB/T 8312—2013[22]的规定测定，可溶性糖总量参照文献[23]的方法采用蒽酮-硫酸比色法测定[23]。

1.2.3 茶样的感官评价

取不同年份酸茶样各3.0g，置于150mL审评杯中，依次注满沸水后加盖，静置5min，按照冲泡顺序依次匀速将茶汤倒入碗中评审。评审人员由5位专业茶叶审评人员组成，按GB/T 23776—2018[24]的规定对酸茶的外形（外形、色泽、匀整度和净度）、汤色、香气、滋味和叶底指标进行感官评审打分（各指标权重系数分别为0.20、0.10、0.30、0.35和0.05），并计算综合得分。

综合得分＝外形得分×0.20＋汤色得分×0.10＋香气得分×0.30＋滋味得分×0.35＋叶底得分×0.05

1.3 数据处理与分析

采用Excel 2003进行数据处理与分析，每个茶样试验重复测定3次，结果以平均值表示。

2 结果与分析

2.1 不同储藏时间德昂族酸茶常规化学成分的含量

从表1看出，不同处理德昂族酸茶茶多酚、游离氨基酸和咖啡碱等常规化学成分含量的的变化。茶多酚：各处理为21.14%～29.61%，依次为处理4>处理2>处理5>处理1>处理3。游离氨基酸：各处理为2.46%～2.69%，依次为处理1>处理2>处理5>处理3>处理4。咖啡碱：各处理为3.11%～3.28%，依次为处理1>处理3>处理5>处理2>处理4。水浸出物：各处理为42.28%～46.24%，依次为处理3>处理1>处理2>处理4>处理5。可溶性糖：各处理为3.59%～5.30%，依次为处理5>处理1>处理2>处理4>处理3。水分：各处理为7.37%～8.37%，依次为处理2>处理3>处理4>处理1>处理5。

表1 不同处理德昂族酸茶常规化学成分的含量 %

处理	茶多酚	游离氨基酸	咖啡碱	水浸出物	可溶性糖	水分
1	21.64	2.69	3.28	45.61	4.50	7.70
2	27.49	2.65	3.16	44.22	4.21	8.37
3	21.14	2.52	3.22	46.24	3.59	7.86

续表 1

处理	茶多酚	游离氨基酸	咖啡碱	水浸出物	可溶性糖	水分
4	29.61	2.46	3.11	43.26	3.89	7.81
5	25.18	2.62	3.17	42.28	5.30	7.37

2.2 不同储藏时间德昂族酸茶没食子酸及儿茶素组分的含量

从表 2 看出，不同处理德昂族酸茶没食子酸（GA）及儿茶素组分〔表没食子儿茶素（EGC）、表儿茶素（EC）、表没食子儿茶素没食子酸酯（EGCG）、表儿茶素没食子酸酯（ECG）、儿茶素（+C）〕含量的变化。GA：各处理为 0.66%～1.32%，依次为处理 4＞处理 3＞处理 2＞处理 5＞处理 1。EGC：各处理为 2.58%～4.93%，依次为处理 4＞处理 5＞处理 2＞处理 3＞处理 1。EC：各处理为 4.03%～7.08%，依次为处理 3＞处理 4＞处理 2＞处理 1＞处理 5。EGCG：各处理为 3.19%～7.41%，依次为处理 3＞处理 2＞处理 4＞处理 1＞处理 5。ECG：各处理为 1.86%～3.41%，依次为处理 4＞处理 3＞处理 2＞处理 1＞处理 5。+C：各处理为 1.86%～2.52%，依次为处理 1＞处理 2＞处理 3＞处理 4＞处理 5。儿茶素总量：各处理为 15.06%～22.47%，依次为处理 3＞处理 4＞处理 2＞处理 1＞处理 5。

表 2　不同处理德昂族酸茶没食子酸及儿茶素组分的含量　　%

处理	没食子酸 GA	儿茶素组分及总量					
		EGC	EC	EGCG	ECG	+C	总量
1	0.66	2.58	6.16	4.34	1.99	2.52	17.59
2	0.91	2.89	6.24	6.64	2.22	2.47	20.46
3	0.97	2.68	7.08	7.41	2.90	2.40	22.47
4	1.32	4.93	6.40	5.22	3.41	1.99	21.95
5	0.87	4.12	4.03	3.19	1.86	1.86	15.06

表 3　不同处理德昂族酸茶的感官评价

处理	外形	得分	汤色	得分	香气	得分	滋味	得分	叶底	得分	综合得分
1	方形匀整，色泽褐绿，厚薄一致	90	浅黄亮	89	酸香浓郁带清甜香，持久	90	醇厚酸爽有回甘	91	褐绿明亮较匀嫩	90	90.25
2	方形匀整，色泽绿褐较润，厚薄一致	91	黄较明亮	88	酸香尚浓，略带甜香	86	酸醇带涩	86	褐绿较匀亮	86	87.20
3	方形匀整，色泽绿褐尚润，厚薄一致	89	黄明亮	89	酸香较浓郁，持久	89	醇酸甘爽	90	绿褐匀整明亮	90	89.40
4	方形匀整，色泽绿褐带黄，厚薄一致	89	橙黄明亮	92	酸香，较持久	88	浓厚较酸爽回味略苦	87	黄褐明亮略硬	88	88.25

续表3

处理	外形	得分	汤色	得分	香气	得分	滋味	得分	叶底	得分	综合得分
5	方形匀整,色泽绿褐泛黄,厚薄一致	88	杏黄明亮	91	酸香浓醇带甜香,持久	91	酸醇甜爽有回甘	89	黄褐匀整较亮	88	89.55

2.3 不同储藏时间德昂族酸的感官评价

从表3看出,不同处理德昂族酸茶的外形、汤色、香气、滋味和叶底的评审得分分别为88~91分、88~92分、86~91分、86~91分和86~90分;综合得为87.20~90.25分,依次为处理1>处理5>处理3>处理4>处理2。其中,外形:各处理均为方形匀整和厚薄一致外,色泽,处理1褐绿,处理2和处理3绿褐尚润,处理4绿褐带黄,处理5绿褐泛黄。汤色:各处理分别为浅黄/亮、黄/较明亮、黄明亮、橙黄/明亮和杏黄/明亮。香气:各处理分别为酸香浓郁带清甜香,持久;酸香尚浓,略带甜香;酸香较浓郁,持久;酸香,较持久;酸香浓醇带甜香,持久。滋味:各处理分别为醇厚酸爽有回甘;酸醇带涩;醇酸甘爽;浓厚较酸爽,回味略苦;酸醇甜爽有回甘。叶底:各处理分别为褐绿明亮较匀嫩;褐绿较匀亮;绿褐匀整,明亮;黄褐明亮略硬;黄褐匀整较亮。总体看,随着储藏时间的延长,德昂族酸茶干茶、汤色和叶底的色泽均有一定程度的加深,香气中的酸香变醇厚,甜香增加,滋味向醇厚甘甜转变。可见,在一定的仓储年限内,随着自然储藏时间的延长,酸茶的整体品质得到有一定程度的提升。

3 讨 论

在德昂族酸茶样品的水浸出物、茶多酚和可溶性糖等成分中,水浸出物是衡量茶汤滋味厚薄和浓强度的重要指标之一[2]。茶多酚是影响茶叶品质的重要内含物质,

一般呈现苦涩的滋味且有收敛性[25]。游离氨基酸是茶叶中的一种重要呈味物质,对茶汤的鲜爽滋味有重要影响[26]。可溶性糖是茶汤甜味的重要成分,茶汤中的可溶性糖主要为单糖和双糖[27],能缓解茶汤中苦涩味物质(如茶多酚、咖啡碱等)的刺激性作用,在一定范围内可溶性糖含量越高,茶叶滋味就越甘醇[28]。儿茶素是茶多酚类的主体物质,是一类2-苯基苯并吡喃的衍生物[27],其味感上主要表现为苦涩味[29]。在茶叶冲泡过程中儿茶素能与黄酮类、酚酸及缩酚酸类等多酚类物质对茶汤的苦味和收敛性产生主要影响[30]。没食子酸是茶多酚的重要组成单元,同时也是茶叶中的一个特征性、具生理活性的简单酚类化合物,常以酯的形式连接在儿茶素的3位羟基上,形成一系列的酯型儿茶素衍生物[31]。段红星等[32]研究发现,普洱茶随着储藏时间的延长,水浸出物含量呈上升的趋势;普洱生茶的咖啡碱含量呈减少趋势,而普洱熟茶咖啡碱含量呈增加趋势。本实验中的不同年份的酸茶样品咖啡碱含量变化与段红星等研究普洱生茶的仓储变化趋势一致。对比不同年份普洱茶的水浸出物变化,本实验不同年份酸茶水浸出物含量的变化趋势与宋莹等[33]对不同仓储年份普洱生茶水浸出物含量变化的研究结果一致。不同自然仓储年份的酸茶样品可溶性糖含量呈波浪形变化,且最高含量与最低含量之间的变化幅度较大,可能是因为随着仓储年份的增加,一方面空气中的微生物与酸茶接触并以其为基质而繁殖增长,导致

可溶性糖的消耗；另一方面随着存放年份的增加，酸茶中的大分子碳水化合物被分解，导致可溶性糖含量增加[34]。根据本实验中不同年份酸茶样品可溶性糖含量的变化趋势可知，前期自然仓储过程以微生物消耗为主，使得可溶性糖含量随着存放时间的增加而明显降低。而随着自然仓储年份的增加，其内含物质的变化逐渐以非微生物的大分子碳水化合物氧化分解为主，导致可溶性糖含量有所上升。

研究结果表明，不同储藏时间德昂族酸茶茶多酚、游离氨基酸、咖啡碱、水浸出物、可溶性糖和水分含量分别为21.14%～29.61%、2.46%～2.69%、3.11%～3.28%、42.28%～46.24%、3.59%～5.30%和7.37%～8.37%，分别为储藏7年、储藏2年、储藏2年、储藏5年、储藏8年和储藏4年最大，储藏5年、储藏7年、储藏7年、储藏8年、储藏8年和储藏8年最小。没食子酸（GA）、表没食子儿茶素（EGC）、表儿茶素（EC）、表没食子儿茶素没食子酸酯（EGCG）、表儿茶素没食子酸酯（ECG）、儿茶素（+C）和儿茶素总量分别为0.66%～1.32%、2.58%～4.93%、4.03%～7.08%、3.19%～7.41%、1.86%～3.41%、1.86%～2.52%和15.06%～22.47%，分别为储藏7年、储藏7年、储藏5年、储藏5年、储藏7年、储藏2年和储藏7年最大，储藏2年、储藏2年、储藏8年、储藏8年、储藏

8年、储藏8年和储藏8年最小。感官评价综合得为87.20～90.25分，依次为储藏2年＞储藏8年＞储藏5年＞储藏7年＞储藏4年。总体看，随着储藏时间的延长，德昂族酸茶干茶、汤色和叶底的色泽均有一定程度的加深，香气中的酸香变醇厚，甜香增加，滋味向醇厚甘甜转变。酯型儿茶素随着储藏时间的增加降幅较大，可能是在自然储藏的过程中酸茶样品受到外界空气与微生物的作用，部分酯型儿茶素氧化降解所导致。非酯型儿茶素随着储藏时间的增加，其含量整体下降幅度较酯型儿茶素小，可能是由于非酯型儿茶素的C环上缺少没食子酰基，在自然仓储的过程中相比酯型儿茶素更不易被微生物降解或化学分解。茶多酚、水浸出物、咖啡碱以及儿茶素组分是影响不同年份酸茶感官品质的重要化学成分。

4 结 论

在自然仓储过程中德昂族酸茶的理化成分与感官品质均有不同程度的变化，其中，茶多酚、水浸出物、可溶性糖以及儿茶素组分中的EGCG、ECG、EGC和EC变化幅度较大；随着储藏时间的延长，酸茶样品的干茶、汤色和叶底的色泽均有一定程度的加深，香气中的酸香变得醇厚，甜香味增加，滋味也向醇厚甘甜转变，适当的延长仓储时间，有利于提升德昂族酸茶的品质。

参考文献：

[1] 杨庆益, 何彩梅, 龚福明, 等. 酸茶的研究现状与进展[J]. 食品科学, 2020, 41(1): 312-317.

[2] 魏琳, 卢凤美, 邵宛芳, 等. 酸茶发酵过程中感官品质及主要成分变化分析[J]. 食品研究与开发, 2019, 40(14): 69-74.

[3] 李全敏. 语言采集与德昂族的茶叶世界[J]. 广西民族大学学报(哲学社会科学版), 2013, 35(2): 102-106.

[4] 丁菊英. 宗教视域下的德昂族茶俗文化研究[J]. 云南民族大学学报(哲学社会科学版), 2012(3): 98−100.

[5] 焦丹. 从德昂族茶文化的现状看少小民族茶文化的发展困境[J]. 西南学刊, 2012(2):156−163.

[6] 李明. "古老的茶农"——德昂族茶俗[J]. 蚕桑茶叶通讯, 2010(1):36−37.

[7] 丁菊英, 蚌小云. 德昂族茶俗文化中的传统生态意识[J]. 楚雄师范学院学报, 2012, 27(1): 51−55.

[8] 李昶罕, 秦莹. 德昂族酸茶的科技人类学考察[J]. 云南农业大学学报(社会科学), 2015, 9(1): 116−122.

[9] 李淳信. 德昂族独特的酸茶技艺[J]. 今日民族, 2008(7): 43−44.

[10] 李昶罕. 德昂族酸茶制作技艺及文化研究[D]. 昆明: 云南农业大学, 2014.

[11] 丁菊英. 德昂族茶文化探源[J]. 德宏师范高等专科学校学报, 2007(2): 9−12.

[12] 杨旭. 德昂族酸茶制作技艺研究[D]. 哈尔滨: 哈尔滨师范大学, 2016.

[13] SUKONTASING S, TANASUPAWAT S, MOONMANGMEE S, et al. *Enterococcus camelliae* sp. nov. isolated from fermented tea leaves in Thailand[J].International Journal of Systematic and Evolutionary Microbiology, 2007,57(9):2151−2154.

[14] TANASUPAWAT S, THAWAI P C. Identification of lactic acid bacteria from fermented tea leaves(miang)in Thailand and proposals of *Lactobacillus thailandensis* sp.nov. *Lactobacillus camelliae* sp.nov.and Pediococcus siamensis sp.nov[J].The Journal of General and Applied Microbiology, 2007,53(1):7−15.

[15] JAYABALAN R,MARIMUTHU S,SWAMINATHAN K.Changes in content of organic acids and tea polyphenols during kom−bucha tea fermentation[J].Food Chemistry, 2007,102(1):392−398.

[16] 魏琳, 卢凤美, 邵宛芳, 等. 酸茶发酵过程中感官品质及主要成分变化分析[J]. 食品研究与开发, 2019, 40(14): 69−74.

[17] 国家质量监督检验检疫总局, 国家标准化管理委员会. 茶 取样: GB/T 8302—2013[S]. 北京: 中国标准出版社, 2013.

[18] 国家卫生和计划生育委员会. 食品安全国家标准 食品中水分的测定: GB 5009.3—2016[S]. 北京: 中国标准出版社, 2016.

[19] 国家质量监督检验检疫总局, 国家标准化管理委员会. 茶 水浸出物测定: GB/T 8305—2013[S]. 北京: 中国标准出版社, 2013.

[20] 国家市场监督管理总局, 国家标准化管理委员会. 茶叶中茶多酚和儿茶素类含量的检测方法: GB/T 8313—2018[S]. 北京: 中国标准出版社, 2018.

[21] 国家质量监督检验检疫总局, 国家标准化管理委员会. 茶 游离氨基酸总量的测定: GB/T 8314—2013[S]. 北京: 中国标准出版社, 2013.

[22] 国家质量监督检验检疫总局, 国家标准化管理委员会.茶 咖啡碱测定: GB/T 8312—2013[S]. 北京: 中国标准出版社, 2014.

[23] 张竹正.茶叶生物化学实验教程[M]. 北京: 中国农业出版社, 2009.

[24] 国家标准化管理委员会, 国家质量监督检验检疫总局. 茶叶感官审评方法: GB/T 23776—2018[S]. 北京: 中国标准出版社, 2018.

[25] 田洋, 肖蓉, 徐昆龙, 等. 普洱茶加工过程中主要成分变化及相关性研究[J]. 食品科学, 2010, 31(11): 20−24.

[26] 赵卉, 杜晓. 低咖啡碱茶的研究进展[J]. 华中农业大学学报, 2008(4): 564−568.

[27] 宛晓春. 茶叶生物化学[M]. 北京: 中国农业出版社, 2003: 50−52.

[28] 梁名志, 夏丽飞, 陈林波, 等. 普洱茶渥堆发酵过程中理化指标的变化研究[J]. 中国农学通报, 2006(10): 321−325.

[29] SCHARBERT S, HOFMANN T.Molecular definition of black tea taste by means of quantitative studies, taste reconstitution, and omission experiments[J].Journal of Agricultural and Food Chemistry, 2005,53(13):5377−5384.

[30] 蒲晓亚, 袁毅君, 王廷璞, 等. 茶叶的主要呈味物质综述[J]. 天水师范学院学报, 2011, 31(2): 40−44.

[31] 折政梅, 张香兰, 陈可可, 等. 茶氨酸和没食子酸在普洱茶中的含量变化[J]. 云南植物研究, 2005(5): 126−130.

[32] 段红星, 周慧, 胡春梅. 不同存放时间普洱茶内含成分变化研究[J]. 西南农业学报, 2012, 25(1): 111−114.

[33] 宋莹, 胡兴明, 罗晓燕, 等. 不同仓储年份普洱生茶内含成分变化规律研究[J]. 蚕桑茶叶通讯, 2020(3): 17−21.

[34] 曾亮, 田小军, 罗理勇, 等. 不同贮藏时间普洱生茶水提物的特征性成分分析[J]. 食品科学, 2017, 38(2): 198−205.

——原载于《贵州农业科学》2022年第9期

基金项目：云南省生物种业和农产品精深加工专项"德昂族酸茶的挖掘与提升研究"（202102AE090033）

现代企业条件下的普洱茶（生饼）加工技术

张紫溪　邱明忠*

（云南臻字号茶业有限责任公司）

普洱茶是以云南大叶种茶树鲜叶为原料加工而成的茶类产品，是云南省地理标志产品，其历史悠久、品种独特、工艺特殊，产品口感层次丰富，并具有较好的保健功效，自古至今都深受国内外消费者的喜爱。

在传统普洱茶的基础上，现代大型、标准化普洱茶生产企业，从始至终都贯穿了"品质决定生存"的生产理念，在生产过程中的每一个环节实施了质量控制，成就了普洱生茶的高品质。本文将从生产流程方面分析普洱生茶传统加工技术的状况及现代企业管理条件下对普洱生茶加工技术的要求及技术改进。

1　鲜叶采摘

传统普洱茶通常由茶农自己采摘并初加工。由于茶农对普洱茶品质认识的不足，所采鲜叶老嫩不一，一芽四五叶及较老的对夹叶、单片叶居多，也有较多的茶梗，且一年多季采摘、全天候采摘，影响了茶叶的品质。而现代企业要生产高品质的普洱生茶，在鲜叶采摘时通常有自己的标准，主要采摘一芽二三叶及同等嫩度的对夹叶、单片叶，力求做到"鲜、嫩、匀、净"，且主要采摘春、秋两季的鲜叶，并可以做到规模化、规范化采摘。

2　摊晾

在传统普洱茶的制作中，通常由茶农将采摘后的鲜叶放置于屋檐下、房顶等环境中进行摊晾，环境卫生、湿度、温度等条件无法保障。而现代普洱茶企业通常在茶山都有一定规模的初制所，在摊晾时，对温度、湿度、场地等因素方面有着严格的要求，采用《GB 14881 食品企业通用卫生规范》和《NY/T 5018—2001 无公害食品茶叶生产技术规程》等标准执行。摊晾场地环境干净、整洁，无卫生死角。

3　杀青

传统普洱茶的杀青方式是手工杀青，杀青设备为平锅和斜锅，多使用柴火进行加热。其优点是杀青程度可以人为控制，可以实现"因地制宜，看茶做茶"。其缺点是人为因素多，劳动强度大，从而使茶叶品质很难做到均一。传统杀青主要依靠个人技术及熟练程度，不确定因素很大，对普洱茶的规模化生产及质量管控有较大影响。

现代企业通常采用滚筒式杀青机进行鲜叶杀青，加热方式主要采用电加热设备，杀青温度大都控制在180～200℃。现代杀青设备的优势，一是使用集中供热，并且使用绝热材料隔热，提高热能利用率；二是便于规模化生产，可以连续生产；三是针对杀青温度和时间实现了数字化、可视化，便于精准控制杀青工艺。还有一些微波杀青的设备也研制成功了，使合成杀青技术有了新的设备。

4 揉 捻

传统的揉捻工艺主要为手工揉捻，其优点是可以按照鲜嫩程度、杀青的程度、杀青后茶叶的温度等因素，及时调整揉捻的力道、时间，从而使鲜叶达到完美的程度。传统工艺揉捻茶叶要根据茶叶原料的成分灵活用手及经验掌握力度，嫩叶要轻揉，揉时短；老叶要重揉，揉时长。但手工揉捻的缺点也比较明显，对揉捻工人的技术要求比较高，揉至茶叶基本成条索状为适度，一般人很不容易掌握，容易让工人产生疲劳，导致茶叶品质不均匀。另外也会产生茶叶卫生不达标等问题。

现代机器揉捻工艺提出了热揉和冷揉的概念，较嫩的杀青叶采用冷揉；较老杀青叶因叶质粗硬，不易成条时可直接上机器采取热揉，这样有利于成型，减少碎末，提高外形品质。机器揉捻不仅可根据茶叶鲜嫩程度、杀青的程度，杀青后茶叶的温度等因素，及时采用冷揉或热揉的方式，有利于提高茶叶品质。而且，可以解放大量的劳动力，节约人力成本，还可以规模化生产，使茶叶品质达到均一。同时，可以控制环境卫生条件，使茶叶达到《GB 14881 食品企业通用卫生规范》和《GB/T 4789.3 食品卫生微生物学检验大肠菌群测定》等国家标准的要求。随着科学技术的发展，新型揉捻机械的出现，可使普洱茶揉捻的工艺得到大幅度的提高。

5 晒 干

普洱茶原料"晒青毛茶"主要是因其特殊的干燥方式而得名，通常采用阳光晒干。云南普洱茶主产区西双版纳州、普洱市、临沧市等州市，主要位于北纬21°~26°，海拔1000~2100m，属于低纬度、高海拔地区，气候主要属亚热带、热带气候类型，光照丰富，日照时间较长，且紫外线较强，有利于茶叶日晒干燥并促成独特的品质。

目前大型的茶叶公司在普洱茶的各个产区都建有自己的茶叶初制所，拥有自己的自动化干燥晒棚。现代化的阳光晒棚应用现代设计方法对晒棚的构造、结构、功能进行设计，由计算机处理系统、主控设备、传感器、自动报警系统、通风设备、光照调节设备、加湿设备等构成，通过温度、湿度传感器在线检测采集普洱茶晒棚的环境温度、湿度以及普洱茶的温度、湿度的变化数据，利用电脑中控系统的智能化、低能耗特点，调节茶叶干燥过程中控制温度的变化、湿度的变化，通过空气温度对干燥程度和茶叶含水量进行控制，保证茶叶在整个干燥过程中稳定，实时对数据进行检测和修改控制，保障茶叶干燥质量。阳光晒棚内温度可达 50 ℃左右，湿度控制在30%~50%之间。

日晒干燥还会让茶叶内部发生复杂的生化反应，保证活性酶的活性和茶叶生命活力，保证普洱茶后期贮存时品质不断醇化，形成独特的陈香，这种"陈化生香"的过程通常需数年甚至20年以上，使饮茶人在数年之后、千里之外仍可以喝到"云南大山里的阳光"，有利于普洱茶的辨识和产地保护。

6 毛茶审评与拼配

现代普洱茶生产企业在普洱茶精制前，会对所生产的晒青毛茶进行分拣，剔出茶梗、黄片及杂物，并对茶叶进行分

级、审评。审评按照取样、评外形、称样、冲泡、出汤、评汤色、闻香气、尝滋味、看叶底等流程进行。通过审评，完成晒青毛茶品质及风格的初步鉴评，再根据需要对不同等级、不同风格的晒青毛茶按一定的比例进行拼配，以期达到最佳的品质特征，为下一步的压制加工打下基础。

7 压 制

饼茶压制主要有称量、蒸茶、整形、紧压、摊晾、脱模等工序。

称量前必须对称量的工具进行校正，再称取对应数量的毛茶倒入蒸茶桶中，保障成品净含量充足；蒸茶是利用高温蒸汽使蒸茶桶中的毛茶软化，便于压制成形，同时也能促进茶叶内糖类、多酚类化合物及色素的转化。一般以100℃左右的蒸汽蒸10~15s即可；整形是将洁净的茶饼布袋模套在蒸茶桶上快速倒置，将蒸好的茶倒入袋模，上下提抖几次，收齐收紧袋口，然后打结扎紧袋口，放置在压茶机或石模下进行压制；紧压有传统手工石磨压制和机械压制两种。传统手工石磨压茶一般是10个石磨为1组，当顺序压制到第10饼时，第1个饼就可退压摊晾，如此循环。但手工石磨压茶较费力费时，不利于大规模生产。现代生产企业通常用机械压制，操作时要控制在每平方厘米受力196~245N，定型时间0.5~2.0s，正向及反向各压1次，可避免厚薄不匀。压好的茶饼放木质或者不锈钢架上进行摊晾，以散发热量和水分，待冷却后脱去袋模。

8 干 燥

普洱生饼的干燥，传统方法是室内自然风干或日晒干燥，干燥时间较长，且随季节、气温、空气湿度等有所不同，通常为5~8天，甚至10天以上，对茶叶品质也会造成一定的不良影响。现代茶企通常采用烘房低温烘干，干燥工艺通常采用低温缓慢进行，温度控制在40~60℃。当烘干温度大于65℃时，容易导致茶饼产生龟裂、松边掉面，出现烘青味等情况，导致普洱茶失去原有的香味，不利后续的储存和陈化。干燥前期12h内需缓慢干燥，升温过急过快容易导致茶饼外干内湿，容易滋生有害细菌。整个干燥过程需24~48h，当茶饼水分含量≤10%时可结束干燥，移出烘房。

9 包 装

普洱生饼包装目前多采用传统包装，内包装使用棉纸，要求清洁无异味，符合食品安全标准要求，高品质普洱茶多采用西双版纳傣族手工棉纸。绵纸相对应的位置应标明生产日期、生产厂家等信息。外包装多采用笋叶，因其取材方便，产量较大，并且价格便宜。笋叶使用前须清洗干净，放于阳光下晾晒干燥后使用，要求笋叶粗糙面向外，光滑面向内，可以防止茶叶吸湿霉变。通常7饼为一筒，用扎篾捆扎紧密、牢固，以保证成品在搬运过程中不致松散、脱面。另外也可根据需要采用纸盒外包装，一饼或两饼一盒。纸盒上也应标明生产日期、生产厂家等信息。

饼茶的包装应符合国家标准《GB/T 22111—2008 地理标志产品 普洱茶》及商业行业标准《SB/T 10035—1992 茶叶销售包装通用技术条件》和《SB/T 10036—1992 紧压茶运输包装》的要求。

10 贮 存

科学储存普洱茶，可使普洱茶"越陈越香"或"陈化生香"。普洱生茶的陈化是其品质渐进完善的过程，在贮存环境、贮存时间等因素的共同作用下，普洱生茶内含成分、香气等物质逐渐发生变化，形成较好的品质特征，提高普洱生茶的价值。

普洱生茶的贮存在过去通常只是简单的仓库堆放，对仓库内温度、湿度、光照、空气质量等环境条件没有科学的监测与调控。现代普洱茶生产企业通常都有专门的贮存仓库，仓库内设有先进的温湿度监测与调控装置，并有专人负责管理。普洱生茶贮存仓库一般要求洁净无异味，温度以长年保持在20～30℃之间为最佳，湿度以60%～70%为最佳。贮存时间通常在5年以上，而贮存10年左右的普洱生茶在陈香、滋味等方面均较佳。

参考文献：

[1] 梁名志. 普洱茶科技探究[M]. 昆明: 云南科技出版社, 2009.

[2] 中华人民共和国国家标准. 地理标志产品 普洱茶(GB/T 22111-2008).

[3] 郑际雄. 普洱茶(生茶)紧压茶加工技术[J]. 中国茶叶, 2017, 39(12): 32-33.

[4] 常静. 普洱茶(生茶)加工工艺流弊及原料加工工艺对其后期醇化的影响[J]. 中国茶叶, 2019, 41(02): 47-49.

[5] 鲍晓华, 董维多, 马志云. 普洱茶加工工艺的演变[J]. 中国茶叶, 2006(05): 40-41.

[6] 念晓. 现代普洱茶加工工艺与传统加工工艺的分析探讨[J]. 广东化工, 2018, 45(21): 69+73.

[7] 宁井铭, 张正竹, 谷勋刚, 等. 基于高效液相色谱的普洱晒青毛茶指纹图谱识别方法[J]. 农业工程学报, 2010, 26(03): 243-248.

[8] 彭功明. 云南普洱茶加工技术的发展和演变[J]. 现代食品, 2019(23): 80-82.

[9] 浦绍柳, 伍岗, 王立波. 有机普洱紧压茶加工技术[J]. 中国茶叶加工, 2009(03): 32-34.

[10] 陈文品, 谭吉慧. 茶道自然色香味, 人间和谐真善美[J]. 云南茶叶, 2017(1): 1-7.

沿中老铁路看历史上的茶马古道驿站

陈红伟/云南省农业科学院茶叶研究所

2021年12月3日，连接中国云南省会昆明市与老挝首都万象市的中老国际铁路全线通车。其中，中老铁路中国段从昆明市（呈贡区、晋宁区）南下，经玉溪市（红塔区、峨山县、新平县、元江县）、普洱市（墨江县、宁洱县、思茅区）到达西双版纳州（景洪市、勐腊县），全长586km，沿线站点主要有昆明南站、玉溪站、峨山站、化念站、元江站、墨江站、宁洱站、普洱站、野象谷站、西双版纳站、橄榄坝站、勐腊站、磨憨站等。

中老铁路结束了滇南普洱市、西双版纳州不通铁路的历史。两地是云南普洱茶原产地，自古至今都是云南普洱茶的主产区，也是历史上云南茶马古道的起点区域，有滇藏茶马古道和滇南官马大道两条主干线路及多条分支线路。其中，从昆明南下到滇南边疆民族地区的滇南官马大道形成于元代，在清代也是普洱贡茶茶马古道，其走向与现今的中老铁路基本一致。历史上，沿滇南官马大道，马帮从景洪北上到昆明要24~30天，从思茅（今普洱市思茅区）北上到昆明要20~26天，且沿途常有毒虫猛兽及土匪出没，马帮行程一路艰险。1954年，昆洛公路（昆明至勐海打洛，四级公路）修到景洪、勐海，从景洪乘车到昆明要4天，从思茅乘车到昆明要3天；2008年，昆明至磨憨高速公路建成通车，沿高速公路，从景洪到昆明要6.5小时，从思茅到昆明要5小时。如今，乘坐中老铁路上的动车，从景洪到昆明只需要3小时，从思茅到昆明只需要2.5小时。

回望历史，1954年以前，滇南官马大道曾是省城昆明与滇南边疆民族地区之间人员来往与物资交流的主要通道，也是普洱茶、普洱贡茶从原产地运往省城昆明的主要通道，沿线道路艰险、漫长，途中要经过一个个城镇或驿站（宿站、站点），既为马帮提供食宿、修整和补给，也为各路商家、马帮之间进行物资中转、信息交流提供契机。现从普洱茶主产区域开始，按现在的行政区划，沿中老铁路中国段所经过的县（市、区）域，介绍历史上这一段茶马古道沿线的古城、古镇及主要驿站。

1 勐腊县

西双版纳州勐腊县是中老铁路中国段所经过的最后一个县，建有勐腊站和磨憨站两个车站。勐腊县历史上有多条茶马古道通往内地或境外，茶马古道上有易武、倚邦、勐腊等古镇或站点，其中，中老铁路沿线的茶马古道站点主要是勐腊镇，而易武和倚邦两个著名的茶马古镇已处在中老铁路100km之外。

勐腊镇是勐腊县城所在地。"勐腊"为傣语地名，意为"产茶的地方"或"茶乡"。传说佛祖游世传教时到达该地讲经，当地村民煮茶给佛祖解渴润喉，佛祖饮茶后连声称赞，并为当地赐名"勐腊"。佛祖还将喝剩的茶汤倒往身后坝子中，坝子中立即出现一条河流，百姓称之为"南腊河"，意为茶水河。勐腊镇就位于勐腊坝子中的这条南腊河畔，海拔638m，距景洪城142km（昆磨高速），距昆明市632km（昆磨高速）。中老铁路勐腊站就建在勐腊镇南9km。

明代划分十二版纳时，勐腊、勐伴为一版纳。清雍正年间改土归流时，设立勐腊土司，管辖范围包括今勐腊镇、勐伴镇、磨憨镇等。民国时期，勐腊镇是镇越县第二区治所，但只有一块五天一市的露天草坪街场。勐腊镇历史上有一条从易武出发经勐腊、磨憨出境到老挝磨丁的茶马古道，不时有运送茶叶、盐巴及日用百货的马帮经过并与当地百姓进行交易。

20世纪50年代以来，勐腊镇作为勐腊县人民政府所在地，是全县的政治、经济、文化和交通中心。经过70多年的发展，勐腊镇变化巨大，是云南最南端的现代新兴城镇。

2 景洪市

中老铁路经过西双版纳州景洪市，建有野象谷站、西双版纳站、橄榄坝站三个车站。景洪市历史上的茶马古道，往北可通往思茅、昆明等地，往西可经勐海、打洛出境到缅甸。茶马古道上的古城、古镇及站点主要有景洪城、勐旺等地，其中，中老铁路沿线的茶马古道站点主要是景洪城。

景洪，又叫允景洪，是傣语地名，意为"黎明之城"，传说佛祖到西双版纳传教时，黎明时分到达景洪坝子，故赐名"景洪——黎明之城"，是西双版纳州人民政府所在地。景洪城海拔551m，位于澜沧江下游两岸，距省城昆明市523km（昆磨高速）。景洪城边建有西双版纳国际机场及中老国际铁路西双版纳站。

景洪坝子一带，早在远古时期，就有傣族先民居住，唐代南诏时期称为"茫乃道"。公元1160年，帕雅真以景洪坝子的景兰、景德为中心建立"景陇金殿王国"。元成宗元贞二年（1296年），设彻里军民总管府；明洪武十七年（1384年）改为车里宣慰使司。明隆庆四年（1570年），宣慰使司划分为十二版纳时，现景洪城一带为版纳景龙。景洪在明代中期一度兴旺，人口多，市场繁荣，成为当时西双版纳的主要集镇，但明末以来因多次遭受外敌入侵而逐渐衰败，被称为"蛮荒之地"。民国时期在景洪设立车里县，并整修通往思茅及勐海的茶马古道，方便了人员来往及普洱茶运输。景洪是勐海普洱茶运销途中的重要马站，同时也是外来商贩以货易茶的一个集市，一度呈兴旺之势。但从1942年开始，战争的影响及普洱茶产销的衰落使景洪再度荒凉。1950年2月建立车里县人民政府，1953年1月成立西双版纳傣族自治区（1955年改为自治州）后，设立版纳景洪，并作为自治区（州）的首府，1959年改为景洪县，1994年撤县设市。经70多年的发展，景洪城已成为跨澜沧江两岸一座建筑独特、环境优美、人流众多、文明有序的现代边疆民族新城，是西双版纳州政治、经济、文化和交通中心，曾获"国家生态文明建设示范市""国家森林城市"等荣誉。

3 思茅区

普洱市思茅区思茅城是茶马古道主要的起点站之一，城区海拔1302m，距省会昆明市403km（昆磨高速）。普洱机场和中老铁路普洱站都建在思茅城西郊，其中，中老铁路普洱站设计理念为"茶马古道、云滇驿站"，很有历史底蕴。

思茅历史悠久。在唐朝南诏时期属

银生节度辖地；宋朝大理国时期，为思摩部，属威楚府；元朝时期，思摩部归元江路；明朝初期，思摩部归车里军民宣慰使司；明隆庆四年（1570年），车里宣慰使司划分十二版纳时，在思茅一带设版纳勐拉；清朝顺治十八年（1661年），隶属元江府；雍正七年（1729年）设思茅通判，隶属普洱府，思茅始筑土城墙；雍正十三年（1735年），普洱府同知攸乐迁往思茅，设立思茅厅；乾隆三十二年（1767年），思茅城土城墙改建砖城墙。民国2年（1913年）废厅，改为思茅县。

从清代初期到民国初期，思茅以茶为主的商业活动是很繁荣的，是清代普洱茶的加工中心和贸易中心。清雍正七年（1729年）设立普洱府时，在思茅设立"总茶店"，开始加工和运输普洱贡茶；雍正十三年（1735年），普洱府同知由攸乐改设思茅后，思茅同知承担了六大茶山的监管及普洱贡茶的采办、运输等任务。普洱贡茶从思茅、宁洱往北经官道到达省城昆明，再转运北京。除了贡茶之外，思茅城内的普洱茶加工贸易也不断兴盛，各地茶商纷纷在当地置办地产，开办茶庄茶号，至清代中后期达到鼎盛。光绪二十三年（1897年），清政府还在思茅设立海关，对普洱茶的运销进行监管。至民国初期，思茅城内大小茶庄有20多家，每年加工各类普洱茶500t左右。这些普洱茶通过四通八达的茶马古道运往各地。20世纪二三十年代，由于瘟疫肆虐，思茅茶庄大多停办或外迁，思茅城也逐渐衰败。

20世纪50年代以来，思茅城恢复发展、日益繁荣。从1955年起，思茅城一直为思茅专区（思茅地区、思茅市、普洱市）政府驻地，是当地的政治、经济、文化和交通中心，曾获"国家园林城市""国家卫生城市""国家森林城市"等荣誉，享有"中国茶城""咖啡之都"等美誉。

4 宁洱县

中老铁路经过普洱市宁洱县，宁洱站就建在宁洱城郊。宁洱城南距思茅中心城区45km（昆磨高速），东北距省会昆明市369km（昆磨高速）。

在今宁洱县一带，唐代南诏时期称"步日睑"，是南诏银生节度"奉逸城"所在地；大理国时期改称"步日部"，属威楚府；元置普日（读音同"耳"）思摩甸长官司，属元江路；明洪武十六年（1383年），"普日"改写成"普耳"，属车里宣慰使司（今西双版纳州）管辖，万历年间又改写成成"普洱"；清雍正七年（1729年）设普洱府，并将原有土城墙改建成砖墙；雍正十三年（1735年），置宁洱县，为普洱府驻地；民国二年（1913年），宁洱县更名为普洱县，次年复名为宁洱县。1949年8月成立宁洱县人民政府，1951年更名为普洱县，1985年成立普洱哈尼族彝族自治县，2007年更名为宁洱县。

宁洱县是清代普洱府府城所在地，茶马古道四通八达，其中，在滇南官马大道上，有那柯里、宁洱城、磨黑镇等古城、古镇或驿站。

那柯里驿站位于宁洱县同心乡那柯里村，是思茅城与宁洱城之间茶马古道上的重要驿站，北距宁洱城18km，南距思茅城25km。那柯里在清代、民国时期属关哨汛塘要地，清光绪年间称"那柯里塘"，驻兵6名，归中营左哨头司把总管辖。那柯里驿站建有多家客栈和马店，南来北往的马帮在此歇脚。现在，那柯里尚存有一段较为完好的大青石路及百年荣发马店、那柯里风雨桥等茶马古道遗迹，已开辟成为旅游景点。

宁洱城在明代是车里宣慰使司管理下北部边境的重要贸易口岸，也是普洱茶的集散地，明代普洱茶因"普洱"（今宁洱）而得名。清代，宁洱城作为普洱府所在地，设有专门的普洱茶管理机构"茶局"，办理普洱茶运销执照"茶引"、茶税及贡茶督办等事宜。同时，宁洱城也是清代普洱茶的一个加工中心和运销中心，除了贡茶之外，各地茶商还纷纷在宁洱城建立茶庄，将各茶山收购的原料进行压制、包装、运销。至清代中后期，宁洱城内有大小茶庄六七十家，每年运销普洱茶约570t。宁洱是滇藏茶马古道与普洱贡茶马古道的交汇点，马帮从宁洱往北可达昆明，往西北方向可达大理、丽江、迪庆并进入西藏。民国时期，宁洱马店一度达40多家，主要集中在南门城外。另外，位于宁洱城北13km处的茶庵塘茶马古道及驿站，清代曾设兵丁5名驻守，设有接官厅、普济寺、和尚庙、尼姑庵、茶馆和马店。这一段茶马古道被称为"茶庵鸟道"，保存较为完好。

磨黑镇位于宁洱县东北部，镇政府驻地距离宁洱县城24km，距省城昆明市345km（昆磨高速），有"滇南盐都"之称，也是普洱茶产区之一。磨黑古镇是茶马古道上的重要驿站，以磨黑为起点的马帮、牛帮以运销锅盐为主，每天有上百支马帮、牛帮出入盐井，有时一次可达1000多驮。经过磨黑的马帮，往东北方向可经墨江等地到达昆明，往北而去可经景东等地到达大理。随着盐、茶运销的兴盛，磨黑一度商贾云集、店铺林立，马店也较多，成为滇南官马大道上的重镇。2013年1月，经中国茶马古道研究中心研究同意，决定授予宁洱县磨黑镇为"中国茶马古镇第一镇"。另外，在磨黑镇辖区，贡茶茶马古道上的重要站点还有孔雀屏、把边等。

5　墨江县

普洱市墨江县是著名的"回归之城"，北回归线穿城而过。墨江县城（联珠镇）海拔1300m，北距省会昆明市251km（昆磨高速），西南距普洱市政府驻地思茅区154km（昆磨高速）。中老铁路墨江站建在县城东7km处。

墨江原名他郎。唐南诏国和宋大理国时属银生节度地。元宪宗四年（1254年）内附，立他郎二千户，隶宁州万户府；后设他郎寨长官司，先后隶属元江路和威楚路，长官司署设于他郎寨（即今联珠镇）。明永乐四年（1405年），设立恭顺州，州治所驻碧朔（今碧溪古镇），隶元江军民府；嘉靖十二年（1533年），州治所移至他郎寨，仍隶元江军民府。清雍正十年（1732年），废恭顺州，设他郎抚彝厅，由元江府通判分驻，同年建他郎厅土城；乾隆三十五年（1770年），他郎厅改隶普洱府。民国2年（1913年）改称他郎县，民国4年（1915年）改称墨江县。1950年5月成立墨江县人民政府，1979年成立墨江哈尼族自治县。

墨江是滇南思普区（普洱市、西双版纳州）的北大门，是滇南官马大道的必经之地，从南往北主要有通关镇、联珠镇及碧溪古镇等茶马古镇或驿站。

通关镇位于墨江县城西南部，镇人民政府驻地通关街距墨江县城46km（昆磨高速），距昆明市297km（昆磨高速），是茶马古道上的重要驿站，被称为"茶马古道第一关"，清代设通关哨，派兵驻守。通关街还曾有魁阁、佛堂、将军庙、武庙、太子庙等建筑，街道上也全部用青石

板、石条铺设，街道两旁是一幢幢民居建筑和店铺，仅马帮食宿的人马店就有10多家。现在，通关中学附近残存的一段茶马古道已开辟为一处旅游景点，并新建标志性建筑"通关金马"。通关街也有部分老建筑得以保存，但石板路面大多已改成沥青或水泥路面了。另外，在通关镇辖区还有回龙街等茶马古道站点。

联珠镇即墨江县城，在清代是他郎厅城，民国初期设联珠镇，1956年改称玖联镇，1997年复称联珠镇。他郎城是个历史悠久、文教昌明的茶马古城，也是滇南官马大道上的一个重要站点，建有紫来门（东）、丽文门（南）、由庚门（西）、承恩门（北）四道城门，城内设有通判署、知事署、游击署、守备署、千总署等衙门，城内街道由大块的石板、石条或石块铺设，街道两旁是一排排的商铺及众多的馆舍、庙宇，而小巷深处还隐藏着许多大户人家的宅院。城内有一条300m左右的马店街，有供马帮食宿的人马店10多家。20世纪50年代以来，联珠镇内街道逐步进行改造、拓宽、新建，原来的石头路面也逐渐被水泥或沥青路面所取代，遗迹甚少，现仅在东正街尚有一段重新打制、铺设的石条路，但昔日马蹄的印痕已荡然无存。城内的古老建筑也大多拆除，剩余的几处庙宇也是另作它用，且逐渐破败。20世纪90年代以来，墨江县对文庙及茶马古道上的涟漪桥、天溪桥等一部分古建筑进行了修复。老城区也有一些民居老宅尚存且一直有人居住。

碧溪古镇位于墨江县城以北10km处，历史上也叫碧朔，一直是茶马古道上的一个重要站点，也是现在墨江县境内古民居、石板街保存较好的一个茶马古镇。2004—2005年，墨江县对碧溪古镇进行

了维修、恢复，进行以旅游为主的综合开发。现已恢复重建了传统城门楼，翻修了主干街道的石板路面及两旁的四合院等老建筑。除了民居和商铺，还将一套四合大院改建成茶马古道展览室和茶室，另有一套四合院改建为哈尼族民俗陈列室。古镇中心十字路口建有一座高高的八角楼，楼上有碧溪籍云南护国军上将庚恩旸的事迹介绍及云南护国起义的有关图片展览。

6 元江县

玉溪市元江县地处元江中上游，县人民政府驻澧江街道，海拔380m，距玉溪市区129km（昆磨高速），距昆明市207km（昆磨高速）。中老铁路元江站建在城北甘庄街道，距县城18km。

今元江县一带，蜀汉、西晋时名罗盘甸；隋、唐时名步头；南诏国时名惠笼甸；大理国时名因远部（今元江县因远镇）、罗盘部（今元江县城）；元代设元江路，治地为今元江城，下辖罗盘部等十余部，包括今元江、墨江、宁洱、思茅及景洪普文等地；明洪武十五年（1382年）改设元江府，府治奉化州（今元江县城）；清乾隆三十五年（1770年）改设元江直隶州。民国2年（1913年）改设元江县。1949年8月成立元江县临时人民政府，1980年11月成立元江哈尼族彝族傣族自治县。

元江城自元代以来就是滇中、滇南一带政治、军事和经济联系的重要城镇，是昆明和滇南思普地区（今普洱市和西双版纳州）之间的交通要冲，商旅往来频繁。明初及清嘉庆道光年间为历史上兴盛时期，有"盐茶之贾驮运舟载者辐辏于市埠"的记载。元江城是滇南官马大道上的重要驿站，锅盐和普洱茶是马帮运输的大宗物资，特别是清代普洱茶列为贡茶期间，元江城是普洱贡茶的必经之地。沿滇

南官马大道，马帮过元江后继续北上，经峨山、玉溪等地进入昆明。另外，从滇南一带到达元江的马帮，也可往东到红河州石屏、建水、蒙自等地。

元江县境内的茶马古道站点还有因远街、青龙厂等。

7 新平县

中老铁路经过玉溪市新平县扬武镇，但在新平县境内没有车站。最近的车站为峨山县境内的化念站。新平县城（桂山镇）东距化念站31km，扬武镇东北距化念站23km。新平县是著名的"花腰傣之乡"，地处哀牢山脉中段东麓，县城海拔1480m，距玉溪市政府所在地80km（天猴高速、昆磨高速），距昆明市160km（天猴高速、昆磨高速）。

新平县一带，元代设平甸县（后降为乡），辖今桂山、平甸、扬武等乡镇，隶嶍峨州（今峨山县）；明万历十九年（1591年），以平甸乡为基础，划入附近州县部分村寨，建立新平县，今平甸乡旧城村为县城，属临安府；明崇祯七年（1634年），县城迁桂山，筑砖石城。民国时期，云南省第六区行政督察专员公署设于新平县城，管辖新平、峨山等周边八县。1949年9月建立新平县人民政府；1980年11月正式成立新平彝族傣族自治县。

新平县扬武镇历史上是滇南官马大道上的一个主要站点。马帮经元江县青龙厂镇到达扬武镇，再继续往东北方向经化念前往峨山、玉溪、昆明。另外，新平县城桂山镇也是一个茶马古镇，经过桂山镇的茶马古道，往东可达峨山县，往西经戛洒镇可达普洱市镇沅县汇入滇藏茶马古道，往西转南经漠沙镇可达普洱市墨江县。其中，峨山县化念镇经新平县桂山镇、漠沙镇到达墨江县碧溪古镇的这一段茶马古道

是滇南官马大道的分支线路。

新平县境内茶马古道遗迹主要保存在嘎洒镇耀南村，属于县城往西到普洱市镇沅县的哀牢山茶马古道段，有马踏石穿、千家寨寨墙、风雨桥、明清炼铁炉等遗迹。

8 峨山县

中老铁路经过玉溪市峨山县，在峨山县境内建有峨山站和化念站两个车站，其中峨山站距离县城约1km。峨山县城双江镇（街道），距玉溪市区25km（昆磨高速），距昆明市107km（昆磨高速）。

峨山县一带，南诏、大理国时期为嶍峨部，元代设嶍峨州，后降为嶍峨县，沿用至明、清及民国时期。民国19年（1930年）1月，更名为峨山县。1949年10月成立峨山县临时人民政府；1951年5月正式成立峨山县彝族自治区；1956年1月改称峨山彝族自治县。

峨山城是元代以来滇南官马大道上的一个重要驿站，南来北往的马帮较多，清代也是运送普洱贡茶马帮的必经之地。另外，峨山县化念镇历史上也是滇南官马大道上的一个站点。

9 红塔区

红塔区是玉溪市主城区，位于云南省中部，距省会昆明市83km（昆磨高速）。昆明和玉溪之间的铁路于2016年12月建成通车，玉溪站建在红塔区大营街镇，距玉溪市人民政府3km。

红塔区一带，先秦时属古滇国地，西汉至南北朝时期属俞元县（今澄江县）辖地，南诏国时期为河阳郡（今澄江县）下辖温富州，大理国时为河阳郡休制部；元代设新兴州，隶属。新兴州下设普舍县（今北城街道）、研和县（今研和街

道）；明清时设澄江府新兴州。民国元年（1912年），改新兴州为新兴县；民国2年（1913年）更名为休纳县，国民5年（1916年）更名为玉溪县。1950年1月成立玉溪县人民政府，1983年9月更名为玉溪市（县级），1997年12月改为玉溪市红塔区（县级）。

历史上滇南官马大道的走向（返程），在红塔区境内是从研和街道北上到玉溪中心城区，再往北经北城街道进入昆明市晋宁区，从南往北主要有研和、玉溪、北城三个驿站。

10　晋宁区

昆明市晋宁区位于滇池南岸，是昆明市的南大门，距昆明市中心城区46km（昆磨高速）。昆明至玉溪的铁路经过晋宁区并建有晋宁东站。

晋宁是古滇国故都，西汉元封二年（公元前109年），滇王率众归附汉朝，汉武帝在此设立益州郡，下辖滇池县（今晋宁区晋城镇）、建伶县（今晋宁区昆阳街道）等20余县，益州郡郡治设在滇池县。三国蜀汉建兴三年（225年）改益州郡为建宁郡，郡治迁往味县（今曲靖市区），滇池县和建伶县仍归建宁郡管辖。晋代及南朝时期设晋宁郡，郡治在滇池县。唐代改滇池县为晋宁县，昆阳改称望（一作万）水。南诏国时期，晋宁称晋川，昆阳称渠滥川；大理国时期，晋宁称阳城堡，昆阳叫巨桥城。元代，改阳城堡为晋宁州，改巨桥城为昆阳州。民国2年（1913年）改设晋宁县和昆阳县。1949年12月成立昆阳县人民政府，1950年1月成立晋宁县人民政府。1958年，两县合并称晋宁县，县城驻地为昆阳。2016年11月设立昆明市晋宁区。

晋宁区是古滇国的核心地带，有多条古道与外界相联系。元代以来，晋城古镇和昆阳古镇均为滇南官马大道上的重要驿站，也是清代马帮运送普洱贡茶的必经之地，区境内有铁炉关、丁守关、关岭关等古道险关。

11　呈贡区

昆明市呈贡区位于滇池东岸，是昆明市级行政中心所在地，距昆明市中心城区11km。昆明南站位于呈贡区，有沪昆、云桂高铁开通运营，也是中老国际铁路的主要起止车站。

呈贡是古滇国的核心区，西汉时属益州郡下辖的滇池县（今晋宁区）和谷昌县（今昆明市东部），蜀汉及晋代属建宁郡，南朝时属晋宁郡，唐代前期属昆州，南诏国时期属拓东节度，大理国时期为善阐府下属的伽宗部。元至元十二年（1257）始设呈贡县，后改为晟呈县；明初复设呈贡县，清代及民国时期沿用。1950年1月成立呈贡县人民政府；2011年，昆明市政府驻地由盘龙区迁至呈贡县并改呈贡县为呈贡区。

呈贡历史上也是滇南官马大道上的一个站点，经过呈贡进出昆明主城区的马帮较多。

12　昆明市中心城区

包括五华区、盘龙区、官渡区、西山区，位于云南省中部、滇池坝子北部，是云南省政治、经济、金融、文化、科技、教育和交通中心。城区海拔1891m，三面环山，南濒滇池，是以"春城"著称的历史文化名城。昆明站位于官渡区，是沪昆、成昆、南昆等铁路的营运起止车站，也是中老国际铁路营运起止车站之一。

昆明中心城区一带，西汉武帝元封二年（公元前109年），因"滇王降汉，置益州郡"，辖二十四县，其中将军郭昌筑郭昌城，后改名为"谷昌县"；东汉至南朝时仍名谷昌县；隋初建昆州，不久即废；唐高祖武德元年（618年），废谷昌，复置昆州，置益宁县；唐永泰元年（765年），南诏王阁罗凤命其长子凤迦异于昆州筑拓东城，是拓东节度及鄯阐府驻地，城址位于今官渡区境；大理国时期仍称鄯阐府；元至元十二年（1275年）鄯阐府改置善州，领昆明、官渡二县。次年设云南行中书省，滇池地区置中庆路，改善州为昆明县（官渡县并入），昆明城当时叫押赤城；明代改设云南布政使司，设云南府，昆明县为府治；清代改云南布政使司为云南省，设云南府，府治昆明县。民国17年（1928年）设昆明市，郊区（今官渡、西山两区）置昆明县。1950年3月和4月先后建立昆明市人民政府和昆明县人民政府；1953年，昆明市、县合并称昆明市。

昆明是古滇国的核心地区，是南诏国的拓东城，元代以来更是成为云南的政治中心。在交通方面，以昆明为起点或终点的古道四通八达。从昆明往东经曲靖市富源县可进入贵州；从昆明往东北方向沿秦汉时期开通的五尺道经曲靖、昭通可进入四川；从昆明往西到楚雄大姚一带，再经古灵关道北上可进入四川；或从昆明往西经楚雄可达大理、保山，经德宏州瑞丽出境进入缅甸，或经保山腾冲市出境进入缅甸并可到达印度；从昆明往南经玉溪、普洱到西双版纳，并经西双版纳或普洱出境到缅甸、泰国、老挝、越南等东南亚国家。昆明是普洱茶的重要集散地，普洱茶从西双版纳、普洱沿茶马古道北上到达昆明，一部分在昆明销售，一部分从昆明转销省外。清代的普洱贡茶也经昆明沿五尺道出省转运北京。民国时期的下关沱茶也主要是从大理经昆明沿五尺道销往四川、重庆等地。

参考文献：

[1] 马曜. 云南各族古代史略[M]. 昆明：云南人民出版社，1977.

[2] 云南日报社新闻研究所. 云南——可爱的地方[M]. 昆明：云南人民出版社，1984.

[3] 勐腊县志编纂委员会. 勐腊县志[M]. 昆明：云南人民出版社，1994.

[4] 墨江哈尼族自治县志编纂委员会. 墨江哈尼族自治县志[M]. 昆明：云南人民出版社，2002.

[5] 黄桂枢. 普洱茶文化大观[M]. 昆明：云南民族出版社，2005.

[6] 陈红伟，等. 普洱茶文化[M]. 昆明：云南教育出版社，2006.

徐霞客与大理茶文化

文、图：杨庆春/云南大理

　　徐霞客（1587—1641年），名弘祖，字振之，号霞客，明朝南直隶江阴（今江苏省江阴市）人，我国著名地理学家、旅行家、文学家。明代末年，徐霞客三进大理，两上鸡足山，在今大理州境内旅行考察了10个县（市），时间长达8个月，留下了约10万字的日记，其中，多次记述在大理饮茶的美好时光，这对我们弘扬饮茶文化、提升旅游品位、推动一方发展，提供了很好的依据和难得的抓手。

1 "玩"味三道茶

　　明崇祯十二年（1639年）农历正月十五日，《徐霞客游记》记载："（鸡足山）弘辨诸长老邀过西楼观灯，灯乃闽中纱围者。佐以柑皮小灯，或挂树间，或浮水面，皆有荧荧明星意，惟走马纸灯，则暗而不章也。楼下采青松毛，铺籍为茵席，去桌跌坐，前各设盒果，注茶为玩，初清茶，中盐茶，次蜜茶。"这就是三道

茶的最早记载。这种"一清、二咸、三甜"的古法"三道茶"与"一苦、二甜、三回味"的现今"三道茶"已经相似。

　　大理白族"三道茶"形成的起始时间，至今还没有统一定论，其中有传说，有文化遗产。远在汉代，大理就有"叶榆焙茗"之说。叶榆是汉元封一年（公元前109年）在大理设立的县名，焙茗即为烤茶的意思。直至现今三道茶都是以烤茶为主。唐代，樊绰撰写的《蛮书》中载："茶出银生城界诸山，散收，无采造法。蒙舍蛮以椒、姜、桂和烹而饮之。"这就说明唐朝以前大理白族地区饮茶有添加花椒、生姜、肉桂一起烹饪而饮用的习俗，这与现今三道茶的佐料相似。唐代南诏、宋代大理时期，三道茶仅作为宫廷的茶点。后随着佛教的传入，僧人传教，以茶代酒，坐禅时均以茶提神养心，所以形成"有寺必有茶，有僧必善茗"，后逐步发展到"名山有名寺，名寺出名茶"的状

图1　大理白族制作"三道茶"（一）

图2　大理白族制作"三道茶"（二）

况。大理苍山有感通寺，历史上有名的感通茶就出于此。佛教圣地——鸡足山有茶房、茶庵，专为信徒们上山朝拜时提供茶水。后来又由寺庙僧侣逐步发展到文人雅士，最后普及到人民大众。

明代，白族地区茶叶文化得到进一步发展。徐霞客于明崇祯十一年（1638年）农历十二月十五日来到大理，在《徐霞客游记》中多次提到大理茶叶，所到之处受到啜茗、瀹茗、烹茗、茶果接待。尤其是崇祯十二年（1639年）农历正月十五日，在鸡足山元宵节"注茶为玩"。这天，胜似明崇祯十一年除夕，徐霞客在鸡足山"度除夕于万峰深处，此一宵胜人间千百宵"的享受和感觉。

至今，三道茶已发展成为大理白族最具特色的茶俗：头道苦茶，二道甜茶，三道回味茶，即"一苦二甜三回味"。

第一道茶称之为"苦茶"。先将优质绿茶放入砂罐用火焙烤，待茶叶烤黄发出香味后，冲入少量沸水，等泡沫消失后，用火煨片刻，当茶水呈琥珀色时，倒入茶壶。头道茶其味较苦，能生津止渴，醒脑提神，寓意着人生首先要敢于吃苦，方可获得事业的兴旺和发达。

第二道茶称之为"甜茶"。在烤茶的基础上，加进乳扇末、核桃仁、芝麻、红糖等配料，清香可口，滋味丰富，有"先苦后甜，苦尽甘来"的含义，寓意甜滋滋、乐融融的幸福生活。

第三道茶称之为"回味茶"。在茶水中加入肉桂末少许、花椒数粒、生姜数片、蜂蜜及红糖少许。其味甘甜，还有肉桂和花椒的气息，很有回味感。此道茶可视为吉祥之饮，寓意人生和事业的美好和幸福。

2014年11月，大理"白族三道茶"经国务院批准列入第四批国家级非物质文化遗产代表性项目名录，促进了"白族三道茶"的保护和传承。

为了加大对大理"白族三道茶"的宣传和推介，在大理州文化和旅游局的重视和关心下，大理州徐霞客研究会计划每年元宵佳节之日，在宾川县鸡足山组织"纪念徐霞客鸡足山正月十五'注茶为玩''三道茶'活动"，期盼能够一如既往地得到社会各界的支持和帮助，讲好大理故事，传播白州声音，助推地方发展。

2023年2月5日（农历正月十五），大理州徐霞客研究会在宾川县鸡足山悉檀寺遗址旁组织开展"纪念徐霞客鸡足山正月十五'注茶为玩''三道茶'384周年活动"，有关领导、专家、学者及社会人士近百人参加了活动。

2 赞美感通茶

图 3 大理感通茶

明崇祯十二年（1639年）农历三月十三日，《徐霞客游记》记载："（感通寺）时山鹃花盛开，各院无不灿然。中庭院外，乔松修竹，间以茶树。树皆高三四丈，绝与桂相似，时方采摘，无不架梯升树者。茶味颇佳，炒而复曝，不免黝黑。"

《徐霞客游记》记述的大理感通茶是云南较早的历史传统名茶，因产于大理感通寺而得名。感通茶生长在感通寺方圆近10km²圣应峰（又称荡山）、马龙峰山脚一带，处在莫残溪、龙溪之间。据记载早在南诏、大理时期，感通寺的僧侣已开始栽茶、制茶，茶已成为寺僧之业。经宋、元、明时期，感通寺名声更大。明代有众多的文人在自己的著作有大理感通茶的记载。

明代冯时可《滇行记略》："感通寺茶，不下天池伏龙。特此中人不善焙制尔。"《明一统志》："感通茶，感通寺出，味胜他处产者。"万历年间，谢肇淛在《滇略》一书载有："滇苦无茗，非其地不产也，土人不得采取制造之方，即成而不知烹瀹之节，犹无茗也。昆明之太华，其雷声初动者，色、香不下松萝，但揉不匀细耳；点苍感通寺之产过之，值亦不廉。土庶所用，皆普茶也，蒸而成团。

瀹作草气，差胜饮水耳"。明代李元阳在《大理府志》中记载："感通茶，性味不减阳羡，藏之年久，味愈胜也。"清代余怀著《茶苑》（1677年）记有："感通山岗产茶，甘芳纤白，为滇茶第一。"

感通茶曾在明代盛极一时，可惜从清代开始，感通茶逐渐消声灭迹。当下，发展地方经济，要以"功成不必在我"的精神境界和"功成必定有我"的历史担当，弘扬感通茶文化，恢复感通茶生产，拟建议用10年左右时间，可分三个阶段进行：一是培育优良的感通茶树品种，大力繁殖优质苗木；二是建设有一定规模的感通茶树基地，为加工生产感通茶提供上好原料；三是参照历史记载的加工技术，加工制作"炒而复曝，不免黝黑"和"甘芳纤白"为其突出特点的感通茶，并进一步改良加工工艺，制作"茶味颇佳"的感通茶，使闻名于世的古老品牌——感通茶重现美丽大理。

2022年2月19日，笔者与茈碧湖霞客书院创办人李孝泽、元阳书院创办人李云珠前往感通茶舍，与云南莫谷茶业有限公司大理分公司负责人余建伟先生，就弘扬徐霞客文化和建设感通茶树基地进行了交流和探讨。

图4　大理宾川"纪念徐霞客鸡足山正月十五'注茶为玩''三道茶'384周年活动"（2023年）

跟着徐霞客品凤庆茶香、走茶马古道（外一篇）

文、图：许文舟/云南凤庆

一

当我翻开《徐霞客游记》，见字如晤，380年前的凤庆就觉得离我不远。我看见月魄初浮的鲁史，也可看风消暑气的高枧槽，同样闻到了太平寺的幽香，龙泉寺鸡枞与松子的美味。当然，我清楚，别看徐霞客左手青山、右手绿水，行走在380年前右甸（今昌宁）到顺宁（今凤庆）荆棘满地的小路上，辛苦可想而知。银两、食品、拓片、书纸笔墨、游记文稿落下那样，都会要他的命，而彼时有马无车，但为了节省开支，很多时候都只能徒步。当他穿过顺宁府前的街道，有人糊着纸窗，有人纳着鞋垫，做着极细致的营生，他顾不上这些，而是直奔龙泉寺去。

大旅行家也好，大地理学家也罢，都只是后人对徐霞客的称谓，这应该算是历史发展给他的名份与定位，彼时的徐霞客不过是一个匆匆忙忙的过客。一袭青衫早已尘土垢面，脸上的意气风发也早被餐风露宿之苦袭卷。这是明崇祯十二年

图 1　凤庆县大寺乡高枧槽附近的澜沧江

（1639年）八月初六，按我们现代人的理解，他应该去找官员，说明来意定有食宿方便，徐霞客的骨气就在这，好像在凤庆9天时间里，他能下榻的只能是寺庙，间或找间客栈，他能喝的也只有茶。

这时的龙泉寺，应该是香火比较旺的，否则，徐霞客也就不会遇上热气腾腾的讲经活动，不会撂下担子就有吃的地方。因为饥肠辘辘，也就顾不得要面子啦。饭毕，徐霞客才注意到，龙泉寺很美，有水一泓，不盈不竭，从龙王法座下汰流而出，漾为涟漪。绿肥影聚，泉石掩映。是的，这不是一般的寺庙，这座明天启四年（1624年）年修建的寺庙，实际是上土府勐氏的园亭，春则花明柳暗，游人坐以清心；秋当月涌星沉，知者喜其无垢。这一晚，徐霞客与随从便住在了龙泉寺，只是实在太累，徐霞客错过了夜莺婉转的歌声与水中泛动的星辰。次日清晨，徐霞客去拜见住持，门虽虚掩，却无应答，再等恐怕也是一样的结果，徐霞客只好动身去了云州，一是他当时准备过神舟渡往大理走，二是在永昌时，永昌乡贤闪知愿（名仲侗，字士觉，号知愿，天启七年举人，有诗才）知道徐霞客要去云州，就给他写了封介绍信，收信人是当时在云州供职的一位叫杨州尊文士。闪家对徐霞客慷慨解囊，写这封信也有给徐霞客到云州以方便的意思。

云州之行都没能让徐霞客如愿。神舟渡由于江水上涨，无法行船；想遇的文士也因抽调去省城监考而不遇。但徐霞客还是有收获的，在云州，他遇上了好茶。在孟佑河、顺宁河交汇处，徐霞客见到了一座"规模雄丽"的观音阁，在这里，徐霞客喝到了云州茶："小憩阁中，日色正午，凉风悠然。僧瀹茗为供。"云州有好

茶，我当然不能推断就是昔归或白莺山，但在著名的观音阁里喝到，会不会与白莺山佛茶有关联呢？据考证，白莺山在南昭时期便出现了有相当规模的佛寺——大河寺，在以后的500年间，大河寺及其他庙观更替，但香火不断，加上白莺山的特殊地理位置，这里交通便利，使避灾修行的僧众不断在这里云聚，于是，在漫长的500年间，僧众们在讲经修行的同时，云南最早的佛教茶文化也在这里演示。在秋日的习习凉风中，寺僧给徐霞客奉上了香茗，旅途的疲劳自然一扫而光。

访友不遇，江水阻挡，徐霞客只好沿着来路，回到顺宁。现在乘车只需几十分钟的路程，他走了两天，累得不行，时已过午，因暑气逼人，两人仍就投宿于来时所住的那家客栈，在楼上休息、写日记。云州之行，虽然没有遇上杨州尊，却也几经周折找到澜沧江流向的答案。

经几周折，住进了东山寺。寺里遇到一位僧人，徐霞客一眼便看出在龙泉寺里见过，寒暄之后，这位僧人留徐霞客吃饭，饭后就喝茶。茶是东山名茶，只是这种茶的喝法有些特别，僧人将茶叶放在一块青石板上，然后在炭火上烘烤，边烤边抖，茶叶泛黄出香，再置于杯中，以沸腾的水冲泡品饮。茶香溶入青石板的气息，普通的芽叶，竟萌生出别样的鲜香。根据徐霞客记载，这位僧人来自鲁史，到过佤山、木邦等地，听徐霞客谈远游，自是羡慕，因为在凤庆他也算是个说走就走的，竟然敢在夷方几进几出。

东山寺曾称万祥寺，位于县城东500m。与龙泉寺相比，这里的景色也非常美。江宁人杨振赞颂该寺，曰："策马东山路，阴阴见树林，僧来知寺近，桥回识泉深。飞阁鸣山雨，清烟荡远岭，对兹

图 2　凤庆东山寺

清万虑，原酒托狂吟"。有幸的是，东山寺还在，1985年，凤庆县道教协会在此成立，恢复宗教活动。380年前的徐霞客投奔寺庙，主要还因为通常可以拜访寺庙的名义留在那里解决餐饮，这其中徐霞客用到一个高频词"施舍"，可以看出徐霞客并没有得到平等和舒适的待遇。当然啦，徐霞客虽然家出名门，也不可能带足额的银子供路上奢华地开支。

十一日下午，徐霞客出东山寺，过亭桥，入顺宁东门。徐霞客本想当天就走，但是"觅夫未得，山雨如注，乃出南关一里，再宿龙泉寺。"这次重入龙泉寺，遇上了曾在永平慧光寺相识的四川一苇法师。郁结的、孱弱的一苇法师为徐霞客泡茶煎饼，两人相谈甚欢。一苇法师给徐霞客冲泡的是当时有名的太平寺茶，泡茶用水取自龙泉。徐霞客喝得荡气回肠时，住持又进屋很神秘地从一个红木箱里取出一包东西，放到徐霞客面前，对徐霞客说：这是另一种茶，叫凤山雀舌。与前一泡太平茶浓醇而回甘相比，这一泡凤山雀舌会让人唇齿生香。两泡茶竟让徐霞客喝出一种留恋来，据说他买了点太平茶带在身边。当然，估计徐霞客也是还一苇人情吧，毕竟吃了寺庙住了寺庙。太平茶，产自离县城5km的太平寺。《顺宁府志》

"顺宁杂著"记述："楚僧洪鉴来此，建立禅院名太平寺，其岩谷间，偶产有茶，名太平茶，味薄而微香，较普茶稍细，色亦清，邻郡多购，觅者，每岁所产只数十斤，不可多得。"可能是寺与寺之间交流使然，徐霞客能在龙泉寺的住寺那里喝到太平寺茶，只可惜他没有去那里。太平寺不复存在，但太平寺茶香却在一部顺宁府志里绵绵流长。清嘉庆四年（1799年），檀萃在其《滇海虞衡志》中写道："顺宁有太平茶，细润似碧螺春，能经三瀹，犹有味也。"龙泉寺也不复存在了，但通过徐霞客的记录，似乎又听到龙泉水哗哗流动。寺里的住持除了好茶待客，还"为余瀹茗炙饼，出鸡葼、松子相饷。"380多年前的凤庆人，多么热情！

关于凤山雀舌，按时下茶农的说法，就是一芽一叶的采摘法制成的茶品，两叶间，有幼雏嗷嗷待哺的样子，也有发情的雄鸟呼朋引伴的唇形。只是由于制茶技术还未成熟，彼时的凤山雀舌不可能像现在那样纤毫毕露，正如徐霞客在《滇游日记》中记载的那样"茶味颇佳，焙而复爆，不免黝黑。"也就是这凤山雀舌贴心贴肝地陪了大旅行家一日。徐霞客来云南，并非冲着这里的茶叶，然而确实是云南的茶叶让他孤寂的旅行添了许多乐子。在他的《滇游日记》中，共提到茶、茶果、茶庵、茶房等50多处，其中茶房、茶庵、舍茶寺等16处，与寺庙或茶庵有关的也超过了50处（有交叉）。也因为茶，他遇见了无数贤达能人，这是他始料未及的事情。"馈以古磁杯、薄铜鼎，并芽茶为烹瀹之具"的丽江禅师，给他煮茶的感通寺僧侣，让他念念不忘的高枧槽烹煎太华茶的梅姓老人……遗憾的是，由于交通制约，徐霞客没有见到那棵高寿的锦秀古茶树。

图3 高枧槽，依旧有老人在烹茶待客

带着对茶的回味，八月十四日徐霞客从凤庆城经青树、红塘、三沟水到了高枧槽（今凤庆马庄村）。时已黄昏，他走近一草屋，叫开门。草屋内走出一老翁，年过七旬仍红光满面，鹤发童颜，精神抖擞，交谈得知，老人姓梅。梅姓老人听说徐霞客是从江苏远道而来，马上煎出有名的太华茶招待贵客。梅姓老人土法烹制的太华茶，让来到高枧槽的旅行家徐霞客感慨不已。靠一片经由水煮的叶子，抚慰了徐霞客劳累与寂寞，也让他生出对边地的新认知，那便是边地虽僻，却懂礼节与人情。如今高枧槽还在，56户农户仍然种植着茶叶，仍然采制名目繁多的茶品，配上精美的包装，从高枧槽出发到了深圳、上海。梅姓老人的后代，仍然是这片土地的主人，不变的是对待客人的热情。

八月十五早晨，徐霞客离开高枧槽，过澜沧江登北岸三台山峰路时，在山冈见到一个叫名"七碗亭"的茶馆。"又蹑镫三里，有坊，其冈头有七碗茶亭者；冈之东，下临深壑，庐三间缀其上，乃昔之茶庵，而今虚无人矣"。本来走得大汗淋漓，口喝得冒烟，也见到茶馆了，可惜蓬蒿丛茂蔓草蔽荜，早已没人。他只好取出身上带的饭食，此刻，澜沧江滚滚东去，四山云雾已开，只有峰头还霏霏袅袅，雾

气氤氲。明代，类似的舍茶寺、茶庵似乎很多，许多寺庙常在驿道上设铺舍茶以饮行人，也是一种善举。这些舍茶寺、茶庵大多修建于远离村镇的大路旁，并不以卖茶盈利为目的，或为善行，或为筹资建庙。维持的方式一般是寺庵主人以客人随喜的钱买茶饮客。它们都为如徐霞客般行走在古道上的匆匆行人提供了一个可以小憩，可以解渴纳凉、遮风避雨的地方，是行人在半道上的温暖家园。只可惜，徐霞客生活的年代，明王朝已经走向衰败，皇室勾心斗角纷争不已，大臣结党营生争权夺利，而皇上呢也沉迷享乐疏于朝政，就像这七碗茶亭一样，开张时门庭若市，开着开着就到了门可罗雀的地步了。

翻过五道河梁子，身着麻衣的徐霞客伫立冈头，冠带和胡须在风烟中飘逸，顺着他的目视，我看见了380年前的鲁史。"三里，蹑冈头，有百家倚冈而居，是为阿禄司。其地则西溪北转，南山东环，有冈中突而垂其北，司踞其突处。其西面遥山崇列，自北南纡，即万松、天井南下之脊，挟澜沧江而南者；其北面乱山杂沓，中有一峰特出，询之土人，即猛补者后山，其侧有寺，而大路之所从者。"那一晚是中秋，徐霞客取出从顺宁县城购买的胡饼，但那一晚最该看到的月亮却因为天

图4 鲁史古镇

阴，终究没出来。徐霞客当时的心情与我这个鲁史人第一次见到县城一样，一定也会在山坡上略略停顿，看一看来路，想一想去往，心头一定是五味杂陈。

一切都是阴错阳差，如果神舟渡的江水不涨，徐霞客就会与东山茶与鲁史失之交臂，也许，彼时的澜沧江有意一横，就又把大旅行家在凤庆多留了几日。徐霞客在凤庆盘桓9日，每日除去徒步考察，便是闲坐品茗，他没有信手涂鸦的习惯，也从不去打搅官员。其中有一次去到官府了，也只是想查看一下澜沧江的流域图，可惜，一条大江轰轰烈烈流过身边，也没有引起过官府的丝毫注意。

<h2 style="text-align:center">二</h2>

明崇祯十二年（1639年）农历八月十六，在鲁史过完中秋夜的徐霞客又上路了。"昧爽，饭而北行"，顺着诗礼河与鲁史河交汇后的向北流向，我看见了380多年前"有百家之聚踞冈头"的犀牛街，彼时的犀牛街早已成为一个热闹的渡口小镇。过了江，就是蒙化（今巍山县）境内了。从徐霞客游记里，一条完整的茶马古道"顺下线"清晰地浮现出来，或许可以这么说，没有马帮没有茶马古道，徐霞客也不会贸然从顺宁奔赴蒙化。我又见到了几个世纪前的马王箐，当时也只有两三家人，同样是倚冈而居，在这里，饥肠辘辘的徐霞客吃了蒙化境内的第一顿午饭，然后继续赶路，他见到的蜢璞者是这个样子："有两三家踞冈上，是为猛扑者"。

猛扑者，现为蜢璞者，已是60多户人家的大村子，物产算不上丰富，却是个发展畜牧业的好地方，半数以上人家养牛养猪。徐霞客站在这里，突然觉得心胸开阔起来。大江东去，倒映两岸青山；浮青远映，群峰迤逦入怀。如果不是怕跟不上马帮，徐霞客肯定会在蜢璞者停下来，著名的茶房寺就在村子后面的山上，"有僧隐庵结飞阁三重倚之"，徐霞客当然不会放过。"其后皆就崖为壁，而缀之以铁锁，横系崖孔，其前飞甍叠牖，延吐烟云，实为胜地。恨不留被袱于此，倚崖而卧明月也。"

寺庙非龚彝所建，但与这位历史名人一直沾边。龚彝系明代顺宁府（今凤庆）人。他年轻时好读喜静，于是就在蜢璞岩上修建了一座小楼苦读。于明天启四年（1624年）考取举人，第二年考取进士，任南京兵部员外郎，次升郎中，后转任户部尚书。明永历九年（1655年）四月，他随永历皇帝朱由榔入滇，被派往蒙化、顺宁、景东、永昌等地征募兵粮，不久吴三桂领清军进占云南，永历帝在明将沐天波等人的护送下逃往缅甸避难。龚彝得知后，追永历帝至腾冲未追上，于是只好无奈地回到蜢璞岩隐居。这时候，由他当年建的读书楼已由当地僧侣扩建为寺庙。清末，蒙化文人毛健在龚彝隐居之所的茶房寺立石碑，上书"明户部尚书龚和梅读书

图 5 茶马古道"顺下线"上的蜢璞者村

和隐居处"，并在蜢璞岩上题书《吊龚尚书》诗一首，诗云："国破身囚痛桂王，鲁戈无力返西阳；银苍已失江山色，金碧皆沉日月光；殉难甘同明祚尽，捐生怕见故居亡；忠臣缺笔遗忠烈，我溯前徽补赞扬。"再到蜢璞者，我听见小学里传来孩子们朗读《吊龚尚书》，有些嘈杂的声线里，有代课的茶金国老师抑扬顿挫的声音。生于光绪丙子年的毛健，只活了52岁，却留下了三卷诗书，可惜，只有一卷《喷饭录》孤本存世。

图6　茶马古道"顺下线"上著名的茶房寺

茶房寺还在，经过后人的多次修葺，钢筋替下了铁链，螺丝加固了卯隼，题诗添了红漆，石级填充了水泥。寺下面的茶马古道是"顺下线"保留得最好的一段，清晰的马蹄印是盖给岁月的章戳，盛满了刚刚落过的雨水。厚积的枯枝败叶，顽强的苔藓，怎么也覆盖不了渐行渐远的马帮留在历史中的背影。徐霞客在彼时顺宁与蒙化分界处的桫松树这个地方吃晚饭，桫松树是当时比较醒目的界桩，马帮到了这里，马哥头都要在这里举行一些简单的仪式，毕竟，与几棵大树挥挥手，就是他乡的地盘。徐霞客当然也不例外，站在山脊任风吹指，他想到了整整离开了23年的老家。路过旧牛街（现称老牛街，也是现在

巍山县牛街乡政府所在地），适逢集日，虽然已是午后，赶集的人还没散，街上土特产颇多，但十分注意节俭的徐霞客没有花销半毛，潦草地看了一下街景即走。到桫松树，茶马古道的遗迹就无法辨认了，有人为的毁坏，也有自然灾害的原因。徐霞客就住宿在一个叫瓦胡芦的村子，这个村子现在还在，当时就有几十户人家了，比蜢璞者还要大些。在谁家投宿徐霞客没有记载，不过"是夜宿邸楼"一句，徐霞客在这里是住到一个公所，邸字其基本字义为高级官员的住所，后延伸为店铺。这个夜晚的月亮真明啊，徐霞客写道："月甚明，恨无贳酒之侣，怅怅而卧"。这样看来，接连两个晚上徐霞客都过得不悦，鲁史的中秋夜天阴，瓦胡芦之夜的月明却没有一块喝酒的伴侣。

鼠街还在，分为新老鼠街，从巍山县城到凤庆途经的是老鼠街，一块牌子立在路边，常常让人误解。之后徐霞客到猪矢河哨，发现地名奇特，不改晚上记事的习惯，借着古树覆荫作了记录。猪矢系土音，此处为诸河之始，徐霞客也料想应该是"诸始河"吧，但我采访中了解得更多的是，这里祖祖辈辈皆种油菜，猪食丰富，故名。不管何意，小时候常听到蒙化做骡马生意的表叔说起这个地方，总还以为是猪屎遍地之境呢，只到多年以后我的抵达才将我对诸始河的误解消除掉。

接下来到蒙化的路就更宽了，本来有一条捷径可以直通下关，只是马帮不能行走，徐霞客只能东随马帮翻山入蒙化城。在徐霞客日记里的蒙化第一井恐不复存在了，但让我印象最深的是古时候人们重情重谊。在顺宁，徐霞客与来自蒙化的妙乐师相遇于新城徐楼，两个都在等候驮骑，之后一路结伴而行，到蒙化后妙乐师不能

再与徐霞客结伴前行了，妙乐师留徐霞客在自己栖静处的冷泉庵住宿。冷泉庵得名可能源自庵中有池非常清澈的水井吧，徐霞客写道："中有井甚甘冽，为蒙城第一泉，故以名庵"。当时的蒙化城就已称为古城了，城中住户甚多，以当时城中有甲科情况看，比大理还要有文化底蕴。据资料记载：明清两朝蒙化共有进士23人，文举220人，武举23人，早在清朝就被封为文献名邦。但徐霞客看得更多的是，马帮给这座城池带来的财富。随处可见与马帮有关的商号，到处是卖笼头、马铃、马镫、绊胸等马帮用品的铺子。也难怪，几百年后，有人将蒙化的富有归结为马帮驮来。在这里，徐霞客吃到了蒙化有名的饼，这让徐霞客不由自主地想到家乡的"眉公饼"来。明崇祯十二年（1639年）农历八月初十九，徐霞客离开蒙化城的时候，妙乐师送给徐霞客一些乳线，徐霞客回赠题诗的扇子。然后，两人一起吃了饭，之后妙乐师还依依不舍地将徐霞客送出北门。

过了龙庆关，在石佛哨吃饭。桃园哨离石佛哨仅"三里"，可是这里却是另一番美景。峡谷流水潺潺，水磨房到处都是，从"其瓦俱白"一句，不难想象当时这些水磨房的忙碌状况。弥渡算得上是产粮之乡，"饶稻更饶麦也"，后人是充分相信的，因为现在的弥渡的瓜果蔬菜总是源源不断地被贩运到凤庆。在弥渡县城的集市，徐霞客买了大米，在离城不远一个

图 7　巍山（蒙化）古城北门城楼—拱辰楼（始建于明洪武年间，2015 年起火被毁，2016 年修复。）

叫海子的村子里吃住。茶马古道"顺下线"至此就算彻底与徐霞客分道扬镳了，徐霞客的目的地在鸡足山，而"顺下线"转身就向大理迤逦而去。

与徐霞客相反，我从下关起步，说是重走茶马古道，其实我们并没有安步当车，开着车一天功夫就将徐霞客半个月走过的路溜了一遍，道听途说的采访，到此一游的寻找，根本就无法体会当年徐霞客一路艰辛与一路风险。马帮时代已翻了过去，因此已无法遇上大马帮组成的长龙。就是一条茶马古道也被时光剪成碎片，即便有断断续续的一缕，也早就湮没在岁月的长河了。只是与茶马古道有关的村落还在，但能理出茶马古道的人已寥寥无几。好在，"顺下线"走过了徐霞客，翻开老先生的《滇游日记》，一条茶马古道便能还原出380多年前的状态。

大理访茶

一

临沧到昆明，必经无量山，每次途经此地，都会在阿乐的客栈休憩，喝上半天茶。彝族小伙阿乐是无量山本地人，虽然才二十来岁，却能把百抖茶烹煎得远近闻

名。一个黑黝黝的土罐，无量山古树茶的滋味尽显无疑。阿乐的父亲是无量山茶做得最好的，现已70多岁的老人家，每年春茶季都不会离开炒锅。我见过老人家现场炒茶的场面，鲜叶进锅到出锅，仿佛觉得老人家不是在炒茶，而是在与一片树叶较劲肉搏，每一锅茶炒完，老人都要讲解炒茶的要领，旁边是他的徒弟。

通过一片满是玉米茬的坡地，阿乐带我去看他家的"茶王"。老远便看见站在地埂上的孤零零的大树茶。走近一看，盘根错节裸露无遗，牢牢地扎在沙石里，觉得没有比这更顽强的把式，但我仍然毫无缘由地担心，有种头重脚轻的古树茶会一举一个趔趄摔到埂下。在安定村，常听到有人说起，某棵古树茶已有金主，某片树林里又发现数棵古树茶，在村子后面的一棵古树茶前，满是鞭炮屑，有豁口的磁碗，倒着的香烛与被阳光晒得油星四冒的猪肉皮子。显然，一场祭祀活动刚结束，我知道"开枰"仪式，什么时候起，每当这个日都都要对被尊为神的古茶树烟熏火燎一番。

南涧在唐代属南诏国，樊绰在《蛮书》对南诏国无量山饮茶习俗就有记载。据了解，南涧县共有百年古茶树3.7万株，目前已对1.17万株建立数据库。此前多次受南涧县文联邀请参加采风活动，收获最大的还是一次次深入到无量山中，寻访到了无数"茶王"。南涧县无量山镇古德茶场被誉为"大山茶王"的古茶树坐落在海拔约2100m的无量山中，据说有千年树龄，看到它的那一刻，我就在想，南涧的茶与茶文化都有历史的根脉，应该走得更好，但这些年下来，从无量山下树的茶叶，还没有获得它该有的声名。在这里，我遇上了同样是来无量山寻茶的摄影师杨

根。与我一样，行情不左右我们，因为不做茶的买卖；时序不催促我们，因为茶芽嫩与老都是别人的事情。大山茶王的主人告诉我，每千克鲜叶卖到过200多元呢，只是这两年里的疫情因素，价格一直起不来。移来火盆，架上茶罐，在大山茶王不远的小院休憩，我等着那片千年的叶子，经火烤后的滋味，一个下午便悠忽不见。

南涧无量山间的古茶树很多，然而，再多也是有限的资源，只有整个茶产业发展了，才能带动更多的茶农增加收入，也才能做大做强茶产业。南涧县委政府在加大古茶树资源保护的同时，努力开展现代茶园建设，2000年招商引进台企一家，诞生了远近闻名的蛇窝箐樱花谷生态茶园。占地100hm²的樱花谷茶园，每年冬樱花绽开的时候，又成了无数旅人趋之若鹜的圣地，赏花品茗，不用说多惬意！本地的茶企也重视基地建设，罗伯克茶园，凤凰山茶园都是千亩之上的规模，其产品也已走向国外。

不论是台湾人投资的樱花茶，还是罗伯克茶厂的春蕊系列，只要喝过的人都有这样的感觉。两家茶企的产品口感差异也较大。从整体来看，无量山的茶叶汤色橙黄明亮，入口苦涩度不高，香气嫩香浓郁，滋味醇厚回甘，叶底嫩匀明亮。

图8　南涧县樱花谷生态茶园

二

明崇祯十二年（1639年）农历3月13日，徐霞客来到大理的感通寺。这个时节杜鹃花盛开，各个寺院无处不鲜艳灿烂，然而，就是一杯采自感通寺后院的古树茶，让徐霞客毫无缘由地爱上这个地方。

端起茶杯，徐霞客信步小院，在高大的苍松修长的翠竹中，一棵茶树拔地而生。茶树有三四丈高，在徐霞客看来，那是他看到过的最古老的茶树，此时正是采摘期，几位僧人架好梯子正往茶树上爬。住持为了证实给徐霞客泡的茶就是该古树茶，于是便让僧人先拿一小部分，在锅里炒炙，火烤干后再重新给徐霞客泡上。看着一片树叶由青到黄，由黄到墨，徐霞客眉头一皱，不免怀疑起滋味来。然而，再一次冲泡的茶让徐霞客更是爱不释手。香息内化入骨，回甘滋味悠长，让他再次来到古茶树前，辑让以礼，鞠躬以谢。

图 9　大理感通寺

几百年来，感通寺的古茶树仍然生机勃勃地活在暮鼓晨钟里，没被扰攘，更无破坏，还得感谢寺里的恩施与爱戴。人生不过百，而一棵可供人饮用的茶树，却活成了仙，还由于茶与佛的渊源与相互间的参透。自古禅门中就有了系统严格的茶礼，在感通寺的珍藏里，我就有幸见过与这棵古树茶一样历史的茶臼、茶碾、茶帚、盏托、汤瓶等礼茶用具，并且亲眼见过住持用这些器物的礼茶过程。

坐在感通寺的浓荫里，满眼都是亚健康的身形，又想到当年徐霞客步履蹒跚走进寺里，就是一壶茶让他惜墨如金的书写记下了感通寺的茶。"……时山鹃花盛开，各院无不灿然。中庭院外，乔松修竹，间以茶树。树皆高三四丈，绝与桂相似，时方采摘，无不架梯升树者。茶味颇佳，炒而复曝，不免黝黑。"

图 10　感通寺古茶树

据说用点苍山圣应峰的天然山泉水泡感通寺茶，那味道是最好的，其色、香、味、形得以充分释放。也难怪清代余怀在其《茶苑》中说："感通寺山岗产茶，甘芳纤白，为滇茶第一。"古人对茶与水的研究，到了一定层级，遇上好茶是一定得找好水的，少了谁，都怕贻误了彼此。第一次来感通寺时，就有幸遇上了住持给客人泡茶，有幸端过住持递来的茶杯，记不得那是什么样的茶滋味了，但我一直记得住持认真而笃定的泡茶，其专注程度丝毫不亚于诵经。历史上感通寺不仅对茶叶的栽培、焙制有独特的技术，而且十分讲究饮茶之道。寺院内设有"茶堂"，专供禅僧辩论佛理、招待施主、品尝香茶。寺院还专设茶头，专事烧水煮茶，献茶待客，并在寺门前派"施茶僧"，惠施茶水。这样的施茶一直沿续到今天，当我在寺里的古茶树下落下，就有小僧端上茶水。没有繁文缛节的仪规，茶一杯，胜却诗文酬唱的风雅。

一位僧人告诉我，除了寺里的古茶树，离寺不远的斜阳峰单大人（清末武将单玉林）处，还有树龄近千年的不少古茶树。当郁郁寡欢的单玉林辞官回到这里，便想到日日有人奉茶的生活，于是便种下了第一棵茶树。也有人说，斜阳峰的古茶树系明代宝林寺的僧人所种。在2007年茶叶几近失序，茶价突然飙高的时候，有人前去偷采过。单大人的后代早已离开了

那里，留下断垣残壁，那些茶树也渐渐枯萎，不知道是气候变化的原因，还是大限已经来临。细细品饮，便觉得有茶陪着发呆、出神就有另外的感觉，那便是挣脱了被虚无裹挟，不再被现实拖得惴惴不安。此刻，茶叶在故事中徐徐展开，慢慢融解去莫名的戚忧，然后与恬静的内心共融消化。与渐渐高大的寺舍相比，感通寺的古茶树略显矮小了，挤到了小院的一角，在熙来攘往的香客中，它普通得无法让人想起还有故事。

缘分让我穿过历史的声名的原初包浆，接近感通茶的本质滋味。翻看历史的真实记录，还是查找不到栽下此茶树的具体时间，不过，凭真实的历史记载，这样的寿年足以让我感恩敬怀。

三

每次到永平，都与茶有关。

十年前的一天，陪昆明植物研究所的杨研究员到大理州永平县水泄乡考察茶叶种质资源，笔者第一次知道永平居然还有那么多藏在深山人未识的古茶树。第四季冰川虽然暴虐，位于澜沧江流域的古茶还是躲过了一劫，在永平县水泄乡等地大量存活了下来。第二次到永平，顺着博南古道的历史线索，既遇见了扎根于永平民间的茶席，还有幸与金光寺的住持同为一盏茶开光加持。后来到永国寺参观，周遭同样有许多古茶，它生长在永历皇帝和他的部将李定国西逃的路上。传说永历皇帝与部将李定国在寺里喝过茶。举杯，少了君臣之间的关系，取而代之的是茶汤漾荡的友情。

永平不仅有茶，还有成片的千年古茶。在水泄乡狮子窝村大河沟小组，拜访了

图11　永平县大河沟古茶树王

一棵古茶树王。这棵古茶树王，"站"在一个稍陡的坡上，看上去除了沧桑感，还有生命蓬勃的迹象，尽管基径及分枝都覆盖着厚厚的苔迹，但每一片叶子都活得生机盎然。

这棵古茶树高9.8m，基径130.2cm，专家推算树龄至少千年以上，在滇西也该算王了。当然，云南茶区古茶树很多，被称作王的也很多，笔者也去面见过不少，但永平大河沟的这棵茶树王有王者风范，每年仅春茶一季就可以摘70多千克鲜叶。茶树王的茶叶十分耐泡，口感细腻，香息饱满，在它身上没有很多古茶所带的涩苦。更多的古茶树生长在茶王周边，多在地埂上艰难地生长，树龄在300年左右的比比皆是。当地的一位老人告诉笔者，过去古茶不值钱，很多茶树就被砍伐掉了，因为影响地里的庄稼，那是一个解决吃饭为第一要务的年代，谁还容得下茶树杵在地里拦脚绊手地活着。所以，能存世的古茶树多在地埂上，陡坡上种不了粮食的地方，因此躲过了一劫。

古树茶好卖是2006年以后的事了，村民罗正国老人说，过去做出来拿到街上要被当假茶没收的野生古树茶，2007年后却成了抢手货。人们这才开始重新审视那些行已淡出视线的古茶树，依旧不屈不挠地活着。因为古茶，让一个个寂寂无名的村子开始引起人们的关注，狮子窝热了，说到古树茶，绕不开这个当年穷得一塌糊涂的村子；大河沟因为那棵茶王被炒得让一些人忧伤一些人兴奋；阿古寨天天有茶商出入。拥有古茶资源的人家兴高采烈，把古茶砍去的人家懊悔不已。那又有什么办法呢?历史的走向无法让人未卜先知，更何况是身处饥饿时代的朴实的农民。

站在茶树王面前，我无法臆想它身上的劫难，但笔者清楚它之所以还能活得神

清气爽，恐怕离不开这里的年平均气温与够它享用的降雨量吧。古茶给生活带来的变化是明显的，土木结构房被推倒，取而代之的是小洋楼，人背马驮的情形已不多见，微型车、摩托车在村子里进进出出。狮子窝村委会也意识到，过度的商业行为使古树茶价格严重背离价值，这无异于竭泽而渔，非但起不到保护作用，反而会助推无序竞争。为此，狮子窝村村委会积极引导茶农集中管理，避免大树茶资源遭到破坏和村民的利益受到损失。然而，随着古茶价格的飚升，在古茶树的保护上，靠村民自觉的行动与村支书声嘶力竭的摇旗呐喊是远远不够的，古茶树依旧处在风口浪尖上。

图 12　永平县狮子窝古茶树

人们对古树茶的认知也曾陷入误区，甚至步入陷阱，津津乐道于某些茶区的高价位，而对一片茶叶好喝的味道源自哪里不屑。做茶是苦役，在著名茶人罗金洲看来，世上没有比做茶更苦的活了，所以他的商标就叫"九苦"。当你畅饮过茶的回甘，浸身生活的苦味，就会对茶怀有特殊的热忱。当采茶的姑娘嫁给了金钱，嫁给了城市户口，还有留守的老人在茶树下，他们眼中的茶叶是精盐与糙米，日子与生活所需的味道。

到大河沟看茶王

北 雁

滇西高原，千峰叠翠，大河如奔。亿万年前的地质变幻，让数不尽的大山大水，在这里交融汇集，一座座大山之间，便是一道道深谷纵横切割。鬼斧神工，天造地设，有的深陷地心，有的如同利刃劈断，从而锻造出了滇西大地的奇峭险峻，起伏跌宕。在山与山间穿行，实则就是从一条条河沟到另一条条深峡的穿越。两边都是山，从地底缠绵到山间的公路像是拉长的橡皮筋，刚才还在地心谷底，登时就到山头，瞬间又跌落到山腰，充满了时空的立体感和嬗变感。

到达群山隐逸中的大河沟，也就是这样一个穿越感很强的过程。正值盛夏，永平大地一派漫绿，在核桃树和各种果木的密阴中穿行，沿途的青山绿水、梯田村舍，总是云遮雾隐，充满了诗情画意。路还在大山腹地中弯转回环，突然汽车嘎地一声停住，我们就来到了一个美丽的林中山村。

在一面向阳的山坡上，古老的村舍层次分明，而今又透出了几分新意，在绿木的包围下，如同翡翠盘里闪烁的宝石。这就是永平县水泄彝族乡狮子窝村的大河沟自然村，在阵阵蝉鸣声中，鸡犬相闻，恍若桃源隐世。其实我很早以前就知道这个村庄，那是因为大约20年前，我就知道这里有一个土生土长的青年作家段成仁。当然那时候的我们仅只能依赖纸笔传书，但我知道成仁是一个对新散文充满探索的作家，我很早就从他极具先锋特色的文本里，读到他故乡的黑水河，以及这个地处大理和保山两州市相夹之地，被誉作是"离天空最近的村庄"。后来喝到成仁给我带来的手工老树茶，我开始羡慕成仁就出生在这样一个充满故事传说的、如诗如画的林中村落，同时还有一位心灵手巧的母亲。

踏上这块神往已久的土地，被成仁讲述过不止一万遍的古茶树，就开始逐一映入我的眼帘。我在这时甚至还有几分激动。在一条富有诗意的竹篱小径上，一棵棵古茶不遮不掩，落落大方，苍劲的枝干上则苔痕密布，使之更显一种久历沧桑的奇伟。让人感叹的是这里古茶树如此密集，总是一棵挨着一棵，一棵接着一棵。有的高大，有的丛生，有的弯曲，有的直立，有的粗壮，有的羸瘦。但羸瘦却并非年岁较轻，我亲眼见到进村的第一棵茶树，一根树干的内心早已枯朽，显然是在什么时候遭受了某种灾难，却还是依靠半张外皮顽强地活了下来，婆娑的树影洒落一片浓荫。而更多的古茶树，就如同山里的人一样不拘一格，充满闲散、率真和随性，有的长在田头地脚、房前屋后，有的长在土埂上、村道旁、水沟边、斜坡上、石缝中，大大小小，不计其数。为了保护这些珍贵的古茶树，村民们编织了竹篱，使之在村道、房沿和庄稼地间隔开了距离，如今又成为村落里的一道独特风景。

茶树身上都带有标识牌，我可以清楚地看到那是100年、150年、200年、300年、500年和1000年的字样，甚至1500年和1800年的也不乏鲜见，心中不禁一阵阵惊叹和愕然。在我有限的知识内存里，也知道茶树按其树型大小，可分为乔木型、小乔木型和灌木型，而大河沟的茶树，毫无疑问就是树型高大的乔木型品种。成仁告诉我说，在村庄上面的茂林深处，还找得到年代更为久远的古茶，为在林莽之中获得充足的阳光和养分，只能拼命地往上长，居然能长出20多米的笔直树茎。

村里的干部告诉我，狮子窝村有百年以上的古茶树1500多棵，其中仅只大河沟就有500多棵。而这其中，既有野生型的大理古茶树，又有栽培型的普洱茶，还有一些过渡类型的古茶树。永平向来被称作滇西的交通咽喉，历史上，被誉为南方丝绸之路的"蜀身毒道"、抗战时期的滇缅公路、新中国成立后修通的320国道、杭瑞高速和新近通车的大瑞铁路都从这块土地上穿越而过。古往今来，可谓商贾云集、行人如织，得天独厚的气候条件，从而让狮子窝留下规模如此宏大古茶树群，也成就了永平人民与茶相依的种茶史和手工制茶史。

令人欣喜的是，依托脱贫攻坚和乡村振兴，狮子窝修通了公路，村民充分利用村里丰富的古茶树资源，引进资金技术，做出了品质俱佳的有机红茶，让一棵棵古树真正成为了脱贫致富的摇钱树。但直到今天，村民们却还因循着"取之有度，用之有节"的自然法则，每年就只在谷雨时节采一次茶，其他时节，就让古树在这里自由地生长。

在一道河沟里，我们又发现了一棵挂有2000年标识牌的大茶树，粗壮的树围，枝繁叶茂之态，实在令人称奇。成仁说这就是村子里的古茶王，我想这一个称谓，就是大河沟历史的见证，也是狮子窝人与自然和谐的最佳表达。

与茶相知

刘学正 / 山东阳谷

中国人究竟何时爱上喝茶的？似乎没人说得清楚，不过根据"茶圣"陆羽在《茶经》中"茶之为饮，发乎神农氏，闻于周鲁公"的记载来看，其历史不可谓不悠久。茶文化的代代传承，绵延不绝，使人与茶的渊源刻进了基因，以至于梁实秋感慨："但凡有中国人的地方，就有茶。"

饮茶，是一件雅事，却又不囿于此，事实上，它兼具大雅大俗的气质，既可相伴琴棋诗画，让清幽之气盈满屋；亦能混迹市井里弄，聚拢起尘世的烟火气。

独居雅致茶室，焚一炉香，插三五支花，翻七八页书，细呷一口清茶，教苦尽回甘的滋味儿在舌尖上晕染，这或是才子佳人的做派。不管街头巷尾，进馆即落座，怡情也好，解渴也罢，围坐总不免热闹，恰应了"品字三口"的涵义，喝得惬意，聊得畅快，这正是寻常百姓的方式。

心灵的宁静，坊间的欢愉，尽在这一杯茶里。

有茶入喉，就听得了秋风瑟瑟、秋雨叩窗，而不觉凄凉；就受得了世事无常、案牍劳形，而始终对生活保持热诚。茶水或浓或淡，磨砺或长或短，都将在吞咽中完成质的升华，流淌于我们的人生之通透。

以茶入心，一切嘈杂、纷乱、计较、不安……便都归于宁静。"茶心淡淡，茶心久长，茶心弥漫，茶心终身相伴。"这是王蒙笔下的文字，也是一位真正的茶人的经验之谈。

饮茶，需先煮水沏茶，在单位无法摆弄茶器，便以饮水机和水杯代替。我常常觉得，茶叶在杯中的浮动，对应着人生的起起落落。刚入水时，它尚处抱成一团的状态，这像不像一个人初涉社会、处世未深的样子？不一会儿，卷缩的叶片儿逐渐舒展，在由亮白转向淡黄的水色中优雅舞动，这像不像一个人越过山丘、游刃有余的样子？而当水色更深，叶片儿放缓了步子，慢慢滑落，最终沉入杯底，这像不像一个人曾经沧海后的从容淡然？

茶在杯中沉淀，人在茶中苏醒。到了此刻，也只有到了此刻，才能有醇香的茶味，才能有生命的分量。

何时宜饮茶？无时不可饮茶。四季轮转，杯中茶不断。春日饮茶，浅尝淡雅花香；秋日饮茶，讲究温润之道；冬日饮茶，围炉团坐可亲。那么，夏日呢？暑气冲天之时，饮茶得用大碗，沏好的茶水从壶中飞流而下，浇得满满当当，溅落的水珠在桌面上自成一副"乱玉图"。此刻，饮茶之人只需敞开衣襟，扬起脖颈，"咕咚咕咚"畅饮一番，浑身的汗毛孔刹那间"张开了嘴巴"，由内到外不由自主地爽快，好一个淋漓尽致！清清茶汤，润喉、消躁，"识得此中滋味，觅来无上清凉"，谁能说饮茶不是一种绝佳的消暑纳凉方法？

自然，大碗喝茶，难免为文人雅士所笑，所谓"茶道也，贵在品"。不过，茶中百味，杯里乾坤，各人有各人的喝法，不必暗里束缚，自在就好。

吟诗有诗友，下棋有棋友，品茶亦有茶友。我的一位茶友，堪为"茶痴"，为了觅得自己心中那"一壶茶"，箪食瓢饮走遍大江南北，流连于湘、鄂、滇、黔、川、闽等多地。从衡山的云雾茶、星斗山腹地的毛坝红茶，到勐腊县王子山的曼松贡茶、四川高原的苦荞茶、罗布泊的麻茶，他不仅满足了口腹之欲，还写出了一部蔚为大观的"寻茶"记。爱茶之人，多为性情中人；寻茶之人，当为至情至性之人。与茶人结交，不为世俗所累，其乐无穷。

独饮幽，对饮趣，若得浮生半日闲，那就"吃茶去"呗。茶，绝不仅是一种饮品，它的馨香穿越时空，创造出广阔的精神世界。宋诗有云："寒夜客来茶当酒，竹炉汤沸火初红。寻常一样窗前月，才有梅花便不同。"

饮到深处，又何尝不是一种修行？简简单单，自自在在，轻轻松松。

人生何以无遗憾？唯与茶相知。

普洱熟茶在仿宋茶百戏（水丹青）中的运用

文、图：杨凌月　周黎涛

（红河州晟煜兴文化产业发展有限公司，云南个旧，661000）

摘　要：本文介绍了茶百戏（水丹青）及其原理，并对茶百戏的原料来源进行了初步探索，运用现有的各种普洱熟茶材料，进行茶百戏试验。试验表明：除了研膏茶之外，用普洱熟茶研磨茶粉、茶膏、茶膏粉、浓缩茶汤、茶珍均可击打出足量的沫饽，可在沫饽上用清水画出茶百戏。在实际运用中，可在普洱熟茶沫饽上画出具有一定云南元素的图案，有利于茶百戏及普洱茶的推广。

关键词：茶百戏；沫饽；普洱熟茶

图1　普洱熟茶水丹青——山乡月色

在中国茶叶发展历史上，点茶及以点茶为基础的茶百戏（分茶、水丹青）是宋代的特色茶文化，是那个时代最为流行的茶叶品鉴技艺和茶文化交流活动。元代后，茶百戏逐渐衰落。2009年，福建省武夷山市章志峰老师经多年发掘、研究，复活了茶百戏技艺。2010年，茶百戏列入武夷山市非物质文化遗产，2017年列入福建省非物质文化遗产。

近年来，随着各种媒体的宣传，特别是2022年热播电视剧《梦华录》中宋代茶百戏的场景，点茶及茶百戏为更多的人所认知，在茶文化界也掀起一波点茶热来，在许多地方的茶艺师、评茶员培训中也增加了点茶的内容。茶百戏的原材料通常是研膏茶，但因条件与成本的限制，要在没有鲜叶原料的情况下做出研膏茶是有较大难度的。为此，笔者开展了茶百戏原材料多样性的探索，运用现有的各种普洱茶材料，进行茶百戏（水丹青）试验。

1　茶百戏及其原理

1.1　茶百戏及其原料

茶百戏是用清水在茶汤沫饽上幻变出图案的一种技艺，又名分茶，水丹青。茶百戏起源于唐，发展到宋代达到巅峰，成为文人雅士、各级官员乃至皇帝都推崇的一种文化活动。北宋陶谷《荈茗录》中记载："茶百戏：茶至唐始盛。近世有下汤运匕，别施妙诀，使汤纹水脉成物象者，禽兽虫鱼花草之属，纤巧如画。但须臾即就散灭。此茶之变也，时人谓之茶百戏。"茶百戏的基础是点茶。点茶是将研膏茶碾碎后的茶抹放入茶碗中注入少量沸水调成糊状，然后再注入沸水，用茶筅击拂茶汤形成茶沫，茶沫上浮，形成粥面。茶百戏在此基础上用清水在茶沫上画出图案。

茶百戏的原料通常是研膏茶。唐宋时期的研膏茶采用的是当时的蒸青饼茶，其加工工序在唐代陆羽《茶经·三之造》中有记载："采之，蒸之，捣之，拍之，烘之，穿之，封之。"而现在的研膏茶加工工序，章志峰老师研究总结为：采茶，拣茶，蒸茶，榨茶，研茶，造茶，过黄。也就是把鲜叶采摘下来，挑拣后洗涤，蒸汽杀青，再压榨掉一部分苦茶汁，然后把茶叶放入石臼里用杵将茶叶捣烂，而且捣烂的过程是干湿交替的，捣烂的次数要十二到十六次，捣好的状态是泥（膏）状的，捣好后将捣成泥（膏）状的茶叶放入模具中压成饼，脱模后烘干即成。其中独特的两道工序为榨茶和研茶（膏），是形成香、甘、重、滑品质特征的关键，能产生比较绵柔浓郁泡沫，可持久表现图案。茶百戏也就是依赖研膏茶的特性进行表现，成为审美和品饮兼备的一种独特的茶艺展示。除了蒸青绿茶外，章志峰老师还做出了红茶类、黑茶类、乌龙茶类的研膏茶。

1.2 茶百戏的原理

茶百戏用的工具主要是汤瓶和茶勺，用汤瓶直接注水的方式或是用茶勺加水使茶汤变幻图案，最后图案会消散，具有灵动变幻的特征，在同一茶汤上可以多次变幻。其原理是茶汤表面具有许多微小的气体颗粒，通过注水到气体状颗粒的表面，使深色的气体颗粒变浅，这样变幻出图案。这些气体颗粒我们称之为茶沫或者沫饽。

茶沫是茶百戏的灵魂所在。唐代陆羽在《茶经·五之煮》中这样写道："凡酌，置诸碗，令沫饽均。沫饽，汤之华也。"茶圣也认为沫饽是茶汤的精华。唐代卢仝在《走笔谢孟谏议寄新茶》中写道："碧云引风吹不断，白花浮光凝碗面。"通过击打茶汤形成的沫饽越细腻、越白越好。现代研究表明，在冲泡茶叶的过程中所产生的泡沫主要是由茶皂素形成的，茶皂素是一种糖苷化合物，也叫茶皂苷，味苦而辛，具有很强的气泡作用，一般泡沫丰富的茶汤滋味更浓一些。据科学研究表明，茶皂素具有抗菌消炎、镇痛等作用，是一种对人体有益的物质。

想要画出茶百戏还有一个关键因素就是要有带颜色的沫饽，便于用清水在上面作画、写字。茶叶中的色素存在于茶树鲜叶或不同类型的成品茶中，是构成茶叶外形色泽、汤色及叶底色泽的成分，分脂溶性色素和水溶性色素。在茶百戏中所需要的是水溶性色素。

2 普洱熟茶在茶百戏中运用

茶百戏（水丹青）的前提是要制作出有颜色、有一定持久性的沫饽。除了研膏茶之外，其他茶叶及茶叶制品是否可行？笔者想到了普洱熟茶，因为云南大叶种茶含有丰富的内含物质，云南大叶种发酵的普洱熟茶中含有丰富的茶褐素、茶黄素和茶红素。

在点茶百戏沫饽时，通常采用的是将研膏茶经火烤、研磨、细筛而出的精细茶粉。参照此法，我们运用不同品类的普洱熟茶进行了多次试验。其中试验材料（普洱熟茶）以4g为基准，水量按点茶用建盏最佳容量80～100mL为基准量，逐步添加材料数量与水量进行试验。

2.1 普洱熟茶打粉试验

用普通打粉机把普洱熟茶打成粉状后，用200目（研膏茶做出来的点茶粉通常是200目）的筛子筛出精细粉来，采用4g的茶粉与80mL的水融合，依照点茶的步骤用茶筅击打茶汤，我们发现并不能击打出我们想要的沫饽的量来，而且茶筅上会残留不能溶于水的部分熟茶粉末，茶汤底部也会有茶渣出现，这一实验失败。失败的原因初步认为是用普通打粉机打出来的粉末不够精细，虽然过了200目的筛子，但可溶于水的物质不够丰富，难以形成足够的沫饽。为此，我们采用更加精细的研磨茶粉来进行试验。

研磨茶粉是用研磨机将普洱熟茶直接研磨而成，粉碎程度可达500目以上。这种研磨茶粉泡在水里会有一小部分的沉淀，但比前一试验所用的茶粉更加细腻。我们用4g的研磨茶粉加入80mL的水，可以击打出茶百戏所需的沫饽，所以研磨茶粉可用于茶百戏的制作，且越细腻的茶粉越容易击打出沫饽。另外，我们还做了一个小试验，把用研磨茶粉击打出来的沫饽与下层茶汤分离开来，用水浇在沫饽上看到水中有沉淀，因此认为，细密的茶粉会在茶筅击打茶汤产生泡沫后悬浮在沫饽中。正因为有这些细密的茶粉，沫饽的细密度也会更浓，也会更容易画出茶百戏。

2.2 普洱熟茶茶膏试验

普洱熟茶的茶膏与研膏茶不同，茶膏加工时没有把叶片捣成泥，而是直接用普洱茶的浓缩茶汤制作。普洱茶的茶膏分为古法制作与现代工艺所制作的茶膏，古法制作的茶膏是用茶叶在水煮出茶汤，然后压榨，过滤茶渣，再多次熬制蒸发掉水分，最后形成膏状。现代工艺制作的茶膏就有好几种方法，有冷冻干燥、喷雾干燥等。试验选择市场上售卖的两种茶膏，一种是块状的茶膏，一种是粉状的茶膏。取茶膏或茶膏粉2～6g，加入适量的水溶化，用茶筅击打茶汤，查看所形成的沫饽情况（见表1）。

表1 不同比例的茶膏（粉）茶汤制作沫饽效果

材料	水	比例	效果
茶膏（粉）2g	80mL	1:40	茶汤能打出沫饽，但呈现白色
茶膏（粉）3g	80mL	1:26	茶汤能打出沫饽，颜色较淡
茶膏（粉）4g	80mL	1:20	可行，浓淡适合，效果佳
茶膏（粉）5g	80mL	1:16	可行，汤色较浓，效果一般
茶膏（粉）6g	80mL	1:14	可行、汤色浓，效果欠佳
茶膏（粉）2g	100mL	1:50	茶汤能打出沫饽，呈现纯白色
茶膏（粉）3g	100mL	1:33	茶汤能打出沫饽，颜色偏白
茶膏（粉）4g	100mL	1:25	汤色较淡，水丹青效果欠佳
茶膏（粉）5g	100mL	1:20	可行，浓淡适合，效果佳
茶膏（粉）6g	100mL	1:16	可行，汤色较浓，效果一般

由表1可知，要打出茶百戏所需茶汤沫饽，需要合适的茶水比，当茶水比过小时，茶汤沫饽颜色偏浅，甚至呈现白色，无法制作茶百戏；当茶水比过大时，茶汤颜色较深，是可以画出茶百戏，但效果欠佳；当茶水比达到1：20左右时，是所有试验中效果最好的。因此，茶膏与茶膏粉可用以制作茶百戏（水丹青），但需要一个合适的比列，其效果才能达到最佳。

2.3 普洱熟茶浓缩茶汤试验

采用盖碗焖泡和水煮两种方法制取普洱熟茶浓缩茶汤。

盖碗焖泡茶汤：取普洱熟茶4g，加入开水80mL，焖泡15min，这样做出来的茶汤击打后沫饽没有达到需要的效果。

水煮浓缩茶汤：取普洱熟茶6g，加入开水200mL，再用煮茶器小火煮20min后，剩余120mL的浓缩茶汤，后用茶筅击打茶汤，形成制作茶百戏所需要的沫饽，沫饽持续时间为15min左右。

2.4 普洱熟茶茶珍试验

普洱茶茶珍是现代科技的产物，运用了逆流提取技术，离心提纯技术等。运用普洱熟茶茶珍，按1：20的茶水比进行试验，即用茶珍4g，加入开水80mL，用茶筅击打茶汤，形成了可以制作茶百戏所需要的沫饽。

由上述试验可知：普洱熟茶精细的研磨粉及茶膏、茶膏粉、浓缩茶汤、茶珍均可以用于制作茶百戏（水丹青）。茶膏、茶膏粉、浓缩茶汤因其内含物质是直接溶于水的物质，不含有茶粉，所以击打出的沫饽的细密度会略欠于用研磨茶粉所击打出的沫饽，但并不影响作画或写字。

3 普洱熟茶在茶百戏（水丹青）中的表现方式

茶百戏（水丹青）源于唐、兴于宋。作为传承，在现代的影视作品或茶艺表演中都会穿着汉服，演绎从研膏茶的烤制、研磨、过筛，再到点茶、作画的过程。这对于茶百戏的传承是很有必要的。而采用普洱熟茶进行茶百戏（水丹青）演示时，可以考虑加入云南的元素，如穿上云南少数民族服饰，采用云南民居样式或普洱茶区山水图片、视频进行布景，等等。

在演绎的程式上，可事先准备好小罐装的普洱熟茶研磨粉、茶膏、茶膏粉、茶珍，演示时直接从小罐子中用茶匙取出茶粉或茶膏，放在盏中点茶，做画、写字。另外也可用土罐或茶壶煨煮普洱熟茶，将煮好的浓茶汁滤出后就可以点茶作画了。

在画面的表现方式上，因为沫饽的特性，在沫饽上做画有两点要注意，一是沫饽的浓密度，越浓的沫饽消散得越慢，而且越好表现图案；二是短时间内在沫饽上要画出精细的图案是有很大难度的，因此在图案和构图上就要多加考虑，即要简洁（为的是快速做画），又要有一定的美感。可考虑用中国画的线描或是装饰画加入云南普洱茶区少数民族或者茶马古道等云南普洱茶特有的元素来表现。

总之，在茶百戏（水丹青）的演绎中，我们用普洱熟茶不同的形态与方式表述着普洱茶的历史与故事，其目的是在更好地传承茶百戏这一技艺的同时，也起到宣传普洱茶的目的，让更多的人了解茶百戏、爱上普洱茶。

图2　普洱熟茶水丹青——春归　　　　　　　图3　普洱熟茶水丹青点茶过程

参考文献：

[1] 章志峰. 茶百戏: 复活的千年茶艺[M]. 福州: 福建教育出版社, 2013.

[2] 宛晓春, 黄继轸. 茶叶生物化学(第三版)[M]. 北京: 中国农业出版社, 2014.

[3] 杨晓萍. 茶叶深加工与综合利用[M]. 北京: 中国轻工出版社, 2019.

[4] 柳荣祥, 朱全芬, 夏春华. 茶皂素生物活性应用研究进展及发展趋势[J]. 茶叶科学, 1996, 16(02): 81−86.

[5] 章志峰. 浅析分茶[J]. 中国茶叶, 2010, 32(04): 38−40.

"古茶树王国"诠释西双版纳生物多样性之美

何青元/云南省农业科学院茶叶研究所

图1 何青元所长2022年12月在联合国生物多样性大会（蒙特利尔）"中国角"上
作《西双版纳州古茶树保护与可持续利用》专题报告

西双版纳傣族自治州位于云南省南部边陲，地处世界茶树起源地的中心地带，也是具有千年以上历史的古老茶区。境内古茶树资源丰富，有迄今所知世界上保存面积最大的栽培型古茶园，也有大面积的野生型古茶树，其中有中华人民共和国成立以来最早发现的南糯山800多年的栽培型"古茶树王"和巴达1700多年的野生型"古茶树王"，成为享誉世界的"古茶树王国"。

西双版纳独特的自然地理优势成就了"古茶树王国"，丰富的古茶树资源也成为西双版纳生物多样性的重要组成部分，并较好地诠释了西双版纳生物多样性之美。

1 西双版纳自然地理

西双版纳地处东经99°56′~101°50′、北纬21°08′~22°36′，东南部、南部和西南部分别与老挝、缅甸两国接壤，国境线长966.29km。

西双版纳属滇南峡谷—横断山脉南延

部分，全州地势西北高，东南低，峰峦叠翠，此起彼伏，因纵惯全州的澜沧江及其众多支流的强裂切割，形成"河谷下切、山河纵横、各山相邻、山水相依"的地形特点。全州最高峰为屹立在西北角的勐海县勐宋乡桦竹梁子，海拔2429.7m；最低点在澜沧江与南腊河交汇处，海拔477m，相对高差1952.7m。

全州土地面积共1.97万km²，地形以山地、丘陵为主。山地、丘陵面积占总面积的95.1%，其中，海拔1000～1800m的山地、丘陵是大叶种茶树的最佳生长之地。

西双版纳地处北回归线以南的热带北部边缘，属太阳直射地区，阳光入射角度高、太阳辐射强、气温高，属副热带高气压带和东北信风带控制地区，故终年温暖、阳光充足、热量丰富、湿润多雨。气候类型为热带季风气候，山区为亚热带季风性湿润气候，具有"长夏无冬，一雨成秋"的特点。一年分雨季和旱季，雨季从5月下旬至10月下旬，旱季从10月下旬至次年5月下旬，雨季降水量占全年降水量的80%以上。

西双版纳夏热多雨无酷暑，冬暖有雾，静风少寒。除海拔1000m以上地区偶有轻霜外，大部分地区终年无霜。全州年平均气温在18～22℃，年温差小，日温差大，全年大于10℃以上的活动积温有6600～8100℃。立体气候显著，形成丰富多样的小气候生境。年日照1800～2300小时，年降雨量1200～1900mm，年雾日达108～146天，平均湿度在81%～87%。

西双版纳的土壤类型主要有赤红壤、红壤、砖红壤、黄壤、黄棕壤及紫色土类，其中，大叶种茶树生长区以赤红壤（砖红壤性红壤）和红壤为主，并具有土层深厚、有机质含量高等特点。赤红壤分布在海拔800～1500m的低山地带或中低山（浅切割）盆地丘陵区，面积116.8万hm²，占全州土地总面积59.3%，是州内面积最大的土壤类型，主要植被有山毛榉科、山茶科、樟科、木兰科、蔷薇科等。红壤分布在海拔1500～2000m的中山山地，共16.4万hm²，占全州土地总面积的8.3%，一般都分布在大山的中上部位，主要植被为针叶林及亚热带常绿阔叶林。

西双版纳得天独厚的自然条件有利于动植物的生长繁衍，素有"动植物王国"和"物种基因库"的美誉。在这近2万km²的土地上，生长着高等种子植物5000多种，占全国高等植物种类的12%，占云南植物总数的33%；有鸟类427种，占全国鸟类种数36%；有哺乳动物108种、爬行动物63种、鱼类100种。全州森林覆盖率达63.6%，居全国各州（市）首位。境内设有西双版纳国家级自然保护区，面积24万hm²，占全州总面积的12.2%，主要保护热带、亚热带森林系统以及珍稀动植物资源。

2 西双版纳茶树资源的多样性

优异的自然环境孕育了丰富的茶树品种资源。西双版纳既有古茶树，又有新茶园；既有栽培型，又有野生型；既有大叶种，又有小叶种；既有地方群体品种，又有新育成无性系良种；树型有高大乔木的，也有小乔木的；叶形有圆叶的，也有长叶的；芽叶色泽有绿色的，也有微紫的、紫的；茶树花有白色的，也有淡红色的等。

图 2　西双版纳滑竹梁子野生古茶树

全州现存野生型古茶树居群约2000hm²，主要分布在勐海县西定乡巴达大黑山、格朗和乡雷达山、勐宋乡滑竹梁子及勐腊县南贡山等地，在植物分类学上均属于山茶科山茶属茶组大理茶种（*C. taliensis*）。其中，1961年10月发现的巴达贺松大黑山野生茶树居群（含1700多年的野生型"古茶树王"）是国内最早发现的大理茶种野生大茶树居群，有力地证明了中国是世界茶树的原产地，西双版纳是世界茶树原产地的中心地带，其价值重大，影响深远。

西双版纳现存百年以上的栽培型古茶树8667hm²，全州一市二县均有大面积分布，著名的有勐海县南糯古茶山、贺开古茶山、布朗古茶山、勐宋古茶山；勐腊县易武古茶山、倚邦古茶山、曼庄古茶山、革登古茶山；景洪市攸乐古茶山、大勐龙勐宋古茶山等。这些栽培型古茶树在植物分类学上大部分属于山茶科山茶属茶组普洱茶种（*C. assamica*），全州均有分布；也有一部分茶种（*C. sinensis*）和苦茶变种（*C. var.Kucha*），茶种主要分布在勐腊县倚邦古茶山，苦茶变种主要分布在勐海县布朗山乡及景洪市大勐龙镇勐宋古茶山；另有少量德宏茶种（*C. dehungensis*）、多萼茶种（*C. multisepala*）和白毛茶变种（*C.var.pubilimba*）。

图 3　西双版纳贺开古茶园

3　西双版纳古茶树的重要价值

3.1　西双版纳古茶树是论证茶树原产地的重要依据之一

西双版纳古茶树资源分布面积广，资源储量大，生态环境良好，物种和遗传多样性丰富，对论证茶树原产地和起源中心具有重要意义。以南糯山800多年的栽培型"古茶树王"（1951年发现）和巴达1700多年的野生型"古茶树王"（1961年发现）为代表的古茶树资源，有力地证明了中国是世界上最早发现和利用茶树的国家，是茶树的原产地和起源中心。

3.2　西双版纳古茶树是茶树品种创新的重要遗传资源

西双版纳古茶树资源长期生长于特定自然环境下，保持着动态的进化过程，具有独特的适应性和遗传基因多样性；利用西双版纳古茶树资源蕴涵的丰富基因资源创造育种新材料、研制茶叶新产品将成为国内外茶学科技发展的新领域。开展西双版纳古茶树资源发掘和利用，不仅可以直接选育优良植株培育新品种，也可为茶树杂交育种提供亲本材料，是创制茶叶多样化产品的重要来源。云南省农业科学院茶叶研究所自1951年以来一直对西双版纳茶树资源材料开展调查、征集及新品种选育工作，通过系统选育或人工杂交育种，已选育出茶树良种30个，其中，国家级茶树良种3个：勐海大叶茶、云抗10号和云抗14号；省级茶树良种27个：云抗43号、长叶白毫、云抗27号、云抗37号、云选9号、73-8号、73-11号、76-38号、佛香1号、佛香2号、佛香3号、云抗48号、云抗50号、云茶1号、紫娟、云茶春韵、云茶春毫、佛香4号、佛香5号、云抗12号、云抗15号、云抗47号、云茶红1号、云茶红2号、云茶红3号、云茶普蕊、云茶香1号。获植物新品种保护权6个：紫娟、云茶1号、云茶奇蕊、云茶银剑、云茶香1号和云茶普蕊。

3.3 西双版纳古茶树具有重要的生态学意义

图4　西双版纳倚邦古茶山生态环境

西双版纳古茶园在人为的长期管理下形成了不同的生态类型，具有特殊的生态系统和特定的茶园气候特征，可恢复生态，保护环境。

研究表明古茶园光照较弱、昼间平均气温低、夜间平均气温高，日温差较小，湿度适中，适合于茶树生长，有利于茶树体内物质的形成和积累，也是古茶园生物多样性丰富并能够长期维持较好品质的原因之一。古茶园的立地条件、种植方式和古茶树的生理活动等，可为生态茶园建设提供依据。

3.4 西双版纳古茶树资源成就了民族茶文化的多样性

西双版纳是个多民族的地区，有傣族、哈尼族、拉祜族、布朗族、基诺族、彝族等13个世居少数民族，是发现和利用茶叶较早的民族，各民族都有悠久的产茶历史，形成了各具特色的茶文化和饮茶习俗。茶对各民族的影响已浸透到精神和宗教领域，在各民族的重大节日和礼仪习俗，如婚丧、节庆、祭祀等活动中，茶叶常常作为必需的饮品、礼品和祭品。

西双版纳各民族在长期的生产活动中，由于受当地独特的地理位置、自然环境、人文环境的影响，在早期吃茶、用茶方法的基础上，逐渐形成了各具特色的吃茶、饮茶、用茶习俗，并将之作为一种传统，世代相传。同时，各民族长期共同生活在西双版纳这片美丽、富饶的土地上，彼此之间互相交流、互相影响，也形成了一些相同或相近的茶俗。最具代表性的有：傣族的"烤茶""茶水泡饭""喃咪茶""竹筒茶"；哈尼族的"土锅茶""烤茶""竹筒茶""喃咪茶"；布朗族的"酸茶""喃咪茶""青竹茶""土罐茶"；基诺族的"凉拌茶""包烧茶""炒老茶"；拉祜族的"烤茶""竹筒茶"等。其中，"酸茶""凉拌茶""喃咪茶"是布朗、基诺等民族受特殊的地理与社会环境、生活水平等因素的影响而形成的以茶当菜的生活习俗，是最为原始、古朴的吃茶习俗的遗留。

千百年来，在西双版纳各有关民族村寨，这些民族茶俗一直保存在当地民族的日常生活之中，已成为当地民族文化的重要组成部分，对研究西双版纳各民族社会、经济、文化的发展均有重要价值，是边疆民族团结的重要见证。同时，随着宣传工作的不断深入，这些具有浓郁民族特色的茶俗已在国内外产生了深远的影响，人们对西双版纳各民族也有了更深的认识，这有利于进一步提高西双版纳的知名度，促进边疆民族地区的经济发展和繁荣。

3.5 西双版纳古茶树资源是促进农村经济发展的重要物质基础

西双版纳是茶树的原产地和茶叶生产的发祥地之一，边疆各民族长期种茶、制茶、卖茶，茶叶是重要的经济来源。西双版纳各民族栽培利用的古茶树，大部分属于普洱茶种，这是我国最优良的地方茶树品种之一，也是西双版纳境内栽培利用时间最早、栽培面积最大的地方茶树品种。这一品种资源的特征是：叶片肥厚、叶面隆起，芽叶肥壮、茸毛多，发芽早、育芽能力强，生长期长，每年2月中旬即可开采至11月中上旬，且持嫩性强、内含物质丰富、保健功效明显，适制普洱茶。以古茶树原料加工而成的普洱茶，品质更优，价值更高，在加强保护、科学管理的前提下，可适当开发利用。

另外，西双版纳丰富的古茶树资源和博大精深的普洱茶文化蕴含着较高的旅游价值，优美独特的生态环境、多样和谐的

物种资源、多姿多彩的民族文化，这些旅游资源的开发可促进茶叶产业和旅游业的发展，促进边疆民族地区的发展繁荣。

图5　西双版纳贺开古茶山生态环境

4　西双版纳古茶树保护利用措施

一是掌握古茶树资源现状，确定古茶树濒危等级，明确保护对象和保护级别。

二是加强和完善保护区建设，根据古茶树资源种类及分布特点，建立多个适合的保护点和保护小区。

三是完善保护机构和保护法规。建立长效的保护机制，严格按照《云南省古茶树保护条例》等有关法规开展古茶树保护工作。

四是增强保护意识。广泛普及保护古茶树资源的重要性和管护常识。

五是做到可持续利用。充分利用古茶树资源多样性特点，全方位、深层次的综合利用，提高利用效率。

六是加强古茶树资源的鉴定评价。发掘优良种质资源，筛选改良茶树品种，进行繁育和推广应用。

永平县茶产业现状及发展建议

康冠宏[1]　黑利生[1]　杨建国[1]　张志华[1]　王在安[2]
（1.大理州农科院经作所；2.永平县园艺工作站）

永平县位于大理州西部，地处云岭山脉分支博南山和云台山之间，全县93.8%的国土面积属山区，是大理州茶叶主产县之一。全县茶园80%以上分布在博南山，其余分布在云台山，茶园海拔1900~2600m，均为典型的高山生态茶园。永平县高山生态茶产业起步于2004年，经十几年的发展，目前成为国内高海拔地区连片种植"佛香"品种面积最大的茶区，有"全国最大佛香茶园""离天空最近的茶园"之美誉。近年来，永平县以"绿色发展、生态优先"为前提进一步推动高山生态茶园建设和古茶树资源保护，不断探索一二三产业融合发展途径延伸产业链，茶产业在巩固脱贫攻坚、推进乡村振兴方面的成效日益提高。

1 产业发展优势

1.1 立体化的交通区位

永平自古就是云南腹地通往保山、怒江、德宏等地的交通咽喉和通往缅甸、印度等南亚国家的交通要冲，前有博南古道、抗战滇缅公路，今有320国道、杭瑞高速公路和即将全线通车的大瑞铁路、云永昌高速公路穿境而过，距保山机场、大理机场仅有1小时车程，位于县城南端的博南工业（物流）园区紧邻高速公路出入口，并设有大瑞铁路客货运站，年运量120万t的铁路专用线即将开通，立体化交通区位

优势十分明显。

1.2 优越的生态环境

永平县地势西北高，东南低，境内山峦重叠，河谷纵横，海拔高低差异大，立体气候较为明显，博南山西部被澜沧江环绕，东临银江河，形成两河（江）夹一山的独特地形，为永平高山生态茶产业发展提供了得天独厚的种植环境。现有茶园海拔1900~2600m，生态环境优越，有利于茶叶优良品质的形成。

1.3 扎实的产业基础

永平县辖4乡3镇均种植茶树，其中龙门乡、博南镇、杉阳镇、厂街乡和水泄乡是全国最大的"佛香"品种种植示范园。全县有茶叶初制所12个，专业合作社11个，种植大户52户，生产茶类有绿茶、红茶、普洱茶和黄茶。目前建成省内领先的绿茶自动化生产线1条，6个茶企通过SC认证，主要品牌有博南山、博南古道、大坪坦等，基本形成"龙头企业+专业合作社+基地+农户"的产业体系。

2 产业现状

2022年永平县茶园面积4540hm²，毛茶产量2576t，茶园面积和毛茶产量均居大理州第二。栽培的茶树品种有勐库大叶种、凤庆大叶种、勐海大叶种等有性系良种和佛香系列、清水三号、云抗10号等无性系良种，无性系良种占总面积的

86.32%，其中佛香系列是制作大理名优绿茶的当家品种，产品受到省内外众多消费者青睐。全县现存古茶树统计在册4283株，古树茶产量11t。随着生产设备的不断改进，茶叶加工过程逐步达到标准化、自动化和清洁化，茶叶初精加工能力稳步提升。现有省级龙头企业1家，州级龙头企业3家，2019年"博南山茶"（绿茶）被评为"大理州五大名茶"，2021年、2022年"博南古道""大坪坦"均入选云南省"绿色云品"品牌名录。目前，永平县打造"离天空最近的茶园""全国最大的佛香茶园"——博南山茶园，启动建设狮子窝古树茶生态体验和文旅休闲项目，积极探索茶旅发展模式，连续5年通过每年举办"云南永平博南山谷雨春茶节"活动来推广"博南山"品牌。

3 面临问题

3.1 基础设施薄弱，生产标准不统一

受地形地势限制，多数茶园水利、交通等基础设施建设不足，制约了鲜叶的产量。茶叶初制仍以家庭作坊为主，缺乏制茶设备和工艺标准，导致生产效率不高，产品质量参差不齐。

3.2 集约化程度低，龙头企业带动力不强

茶叶种植仍然以小农为主，通过绿色食品认证茶园面积613hm²，开展集约化、标准化生产的茶园面积占比低。茶企体量小，通过SC认证的茶企数量不多，龙头企业带动力不强，资源优势没能很好地转化为产业优势、竞争优势和发展优势。

3.3 缺乏驰名品牌，产品营销宣传不够

全县仅有1个大理州名茶，统一的茶品牌未得到充分利用，企业各自为战，知名度整体不高，对市场开拓不够，茶叶销售渠道比较单一，"订单"销售少。品牌宣传推介影响范围有限，品牌价值不高。与此同时，永平古树红茶、绿茶产品受到消费者越来越多的关注，但全县古茶树资源尚处于开发利用的初期，对产品标准制定、市场定位及品牌推广工作相对滞后，不能长足有效地推动产业发展。

3.4 茶文化内涵挖掘滞后

茶区生态观光、休闲旅游、体验购物等茶旅融合项目开发不足，没有形成省内外知名的茶山景区和茶文化产品，不能多维度满足消费者对茶文化的认知与体验需要，参与程度不高。在茶文化挖掘、宣传广度和深度上仍有很大空间。

4 发展建议

4.1 强化基地建设，提升生产水平

重视对茶园田间道路、灌溉系统、蓄排设施、电力设备和初加工设备等配套设施设备的建设，加强对古树茶资源的保护利用，对现代茶园适时开展茶园管理、茶树修剪与合理采摘，不断提升茶叶鲜叶单产水平。

4.2 推进绿色认证，提升质量水平

加强绿色生态有机茶园基地建设，集成推广茶叶绿色生产模式，不断推进茶叶标准化生产，健全完善茶叶产品和生产技术标准体系，加快推进生产设施标准化、栽培技术标准化、质量管理标准化，提高茶叶产品质量安全水平。

4.3 拓展消费市场，做大做强品牌

找准茶叶品牌定位和特色定位，实时关注市场动态和变化，拓展消费市场，培育新兴茶叶消费群体，加快营销模式转变升级，搭建"线下"和"线上"的两线营销，大力推广茶叶知名品牌，鼓励茶企

"走出去"。

4.4 加快茶旅融合，创新发展动能

加强对博南山茶文化，特别是博南古道茶文化的研究和推广，推进茶产业、茶文化与旅游业的融合发展。突破走马观花式旅游体验的局限，将沉浸式体验应用于旅游产品设计，提升"感知化"体验深度，增进"融合式"宾主互动，打造独具博南山特色的精品路线。

5 展望

茶产业是大理州的传统特色优势产业，在带动山区农民增收致富方面一直发挥着积极的作用。随着茶叶保健功效的深入研究和茶文化的普及，越来越多不同年龄层次的消费者喜欢品茶、爱好茶艺，尤其是品质较好的高山生态茶，这为永平县的发展提供了有利条件。立足万亩佛香茶园良种优势及优良的高山生态环境，做好科学化种植、标准化生产，不断提升博南山绿茶、红茶产品品质和知名度，持续推进茶村一、二、三产业融合发展，以茶促旅，以旅兴茶，开创永平县茶产业发展新时代。

图1 永平县博南山茶叶基地春茶开采（摄影：许文舟）

茶文化旅游助力民族地区茶产业高质量融合发展

光映炯[1] 李湘云[2]

（1.云南大学工商管理与旅游管理学院；2.云南大学国际关系研究院）

2018年以来，云南明确提出了云茶产业一二三产业融合发展战略，大力推进云南茶产业和相关产业的深度融合发展，加强深度挖掘、弘扬云南茶文化，推动茶产业与特色旅游、民族风情文化、绿色餐饮、"大健康"等第三产业融合发展，开辟跨界融合发展新途径。2022年8月，云南大学茶文化旅游调研组重点深入云南省普洱市墨江县、宁洱县、思茅区、澜沧县，西双版纳傣族自治州勐海县等地，就云南西南地区普洱茶的茶旅融合及其助力民族地区茶产业融合发展现状进行了调研。

1 以绿色理念为茶旅融合基色

"通过茶旅产业的发展及村落环境的整治，使我们的家乡更加美丽，使其成为更多人心目中生态宜居、文化底蕴深厚的美丽乡村。"（引自《勐海县勐混镇贺开村村庄规划村民读本》）。

云南地处高原，纬度较低，山峦起伏，云雾缭绕，雨量充沛，土壤肥沃，气候温暖湿润，特别适宜茶树生长并形成优良的品质。云南是世界茶树的原产地，也是普洱茶的原产地，植茶历史悠久，古茶树资源丰富，现有野生种和栽培种古茶树共6.2万hm²，其中集中连片的栽培种古茶园（树）有4.5万hm²，是迄今所知全世界野生茶树居群保存数量最多、栽培古茶园（树）保存面积最大的地方。这些古茶树资源主要分布在普洱、西双版纳、临沧、保山、德宏、大理、红河等州（市），其中，普洱市在2013年被国际茶叶委员会授予"世界茶源"称号，有镇沅千家寨野生型古茶树、澜沧邦崴过渡型古茶树及景迈山、困鹿山等栽培型古茶园；西双版纳州有国内最早发现的勐海县巴达野生型古茶树王及南糯山栽培型古茶树王，有著名的"古六大茶山"及南糯、贺开、布朗等古茶山；临沧市有迄今发现世界最粗大的凤庆锦秀古茶树王，有双江勐库大雪山等野生古茶树居群，有冰岛、昔归等栽培型古茶园。

近年来，云南省高度重视对古茶树资源的保护和"普洱茶"品牌的保护，相继出台了一系列保护条例和管理办法，如《普洱茶地理标志产品保护管理办法》《云南省西双版纳傣族自治州古茶树保护条例》《临沧市古茶树资源保护办法》《普洱市古茶树资源保护条例》《云南省古茶树保护条例》等。保护好古茶树、古茶园资源就是保护好茶旅游资源，可促进云南茶产业的健康发展和"绿色食品牌"打造。调研组所到凤凰山、困鹿山、布朗山、景迈山等地，当地都制定了一些有关古茶树资源保护的村规民约及管理条例，均以保持良好的茶树生长环境为茶产业发展的重要任务，如在茶园管理过程中不得使用化肥、禁用农药及除草剂，在村寨入口处设有禁止外来化肥的值班岗亭，不许外来茶叶进入茶叶种植加工核心区，不得销售核心茶区以外的各种茶叶鲜叶、毛茶和成品茶等。良好的生产生态环境不仅保证了茶叶的优良品质，同时也塑造了优美的自然旅游景观，而优美的自然旅游景观是茶文化旅游发展的重要资源基础。

图 1　普洱市宁洱县困鹿山古茶园
（光映炯摄）

《云南省人民政府关于推动云茶产业绿色发展的意见》（云政发〔2018〕63号）中指出，云茶产业是云南的优势产业、特色产业、重点产业。在严格保护古茶树资源、茶园全部绿色化、持续扩大有机茶园规模、茶叶初制所全面规范化等方面持续推进，努力打造绿色云茶品牌，包括绿色食品、有机农产品、农产品地理标志和地理标志保护产品等内容。云南各地积极围绕省委、省政府打造"绿色食品牌"的决策部署，主动服务和融入"千亿云茶产业"战略，以"健康普洱茶"为需求源点，在标准建设、品牌提升、生态茶园建设上狠下功夫，走出了一条特色鲜明的现代茶叶企业发展新路子。目前，云南已形成了古茶园及现代生态茶园、有机园等不同类型的茶园，在保护茶树生长的生态环境同时也保证了茶叶饮用的安全、健康和品质。云南现有约4.5万hm²栽培型古茶园，有现代生态、绿色、有机茶园36.2万hm²（2021年），占全省茶园总面积的72.4%，其中有机茶园7万hm²，绿色茶园认证面积3.6万hm²，有机茶园认证面积及获证产品自2015年以来连续八年均居全国之首。全省茶叶产品主要有普洱茶、滇红茶、名优绿茶三大类。

云南省各茶区的茶树、茶山、茶林、茶园都已形成了一套独特的生长、保护和保养系统。2012年普洱古茶园与茶文化系统被联合国粮农组织授予"全球重要农业文化遗产（GIAHS）保护试点"，双江勐库古茶园与茶文化系统也已被列入全球重要农业文化遗产预备名单，两者先后都被评为全国重要农业文化遗产。澜沧景迈山文化景观体现了森林、茶园、古村相互依存，生产、生活、生态有机结合，是人地和谐的山地森林农业文化景观的杰出代表，是天然的"世界茶文化历史自然博物馆"，2021年入选"中国世界文化遗产预备名单"。

"高山云雾出好茶"，优良的生态环境是茶产业发展的重要条件和重要保障，是践行"绿水青山就是金山银山"的重要体现，也是茶文化与旅游融合的重要基础。茶产业发展必须始终坚持走生态优

图 2　勐海县勐混镇贺开云海（光映炯摄）

先、绿色发展之路，持续保护好生态环境，茶旅融合发展也必须树立绿色发展理念，依托茶产业发展基础，走好可持续绿色发展之路。

2 以民族茶文化为茶旅融合添姿

"当民族风情和普洱茶文化融合在一起，就构成了一幅具有普洱独特的地域文化和民族文化的画卷，就能令您沉醉，令您流连忘返。"（引自"中华普洱茶博览苑导览图"）

云南茶文化资源丰富，民族茶文化尤为特色，也是最具特色的旅游资源。普洱市和西双版纳傣族自治州是云南少数民族重要聚居地。普洱市10县（区）就有9个少数民族自治县，有14个世居民族，少数民族人口占全市总人口的61.2%，主要有哈尼族、彝族、拉祜族、佤族、傣族、布朗族等；西双版纳有13个世居民族，少数民族人口占全州总人口的77.9%，主要有傣族、哈尼族、彝族、拉祜族、布朗族、基诺族等。各民族在长期的生产生活中形成了各具特色的民族茶文化。

傣族、布朗族、拉祜族称茶为"腊"，基诺族称茶叶为"老博"，以茶入菜，凉拌茶叫做"腊攸"，既将新鲜茶叶加入各种调料进行凉拌而食。基诺山乡

图3 景迈山景迈大寨的傣族妇女在观云海
（光映炯摄）

的亚诺村举办"老博啦"，"老博啦"是基诺族古老的祭茶习俗之一，每年到采茶季节进行仪式祈福来年风调雨顺，茶叶丰收。基诺族生活在今基诺山一带，旧称"攸乐山"，曾被列为普洱茶六大茶山之首，基诺族是我国至今最后一个被确认的民族，在整族脱贫过程中，茶叶的生产、加工和销售发挥了重要作用。基诺山寨景区就是以巴坡自然村寨为依托，将基诺族的历史文化、民居建筑、生产生活方式和饮茶习俗展示，现已是全国唯一一个最全面集中展示基诺族文化旅游目的地。

哈尼族称茶为"腊博"。在勐海县格朗和南糯山脚下大巴拉村的哈尼族茶文化调查中了解到一则关于茶来历的故事：哈尼族最早生活在山上，有自己的习俗，有好多寨子，一起玩的时候产生了摩擦。每一个寨子都有头人，遇到矛盾和大事时就要处理。一天商量不好，两天商量也不好，半个月后都没有吃的喝的了。一天，路上遇到一棵树，嫩叶很好看，拿回家煮了吃，很好吃。头人说拿茶招待来商量和处理事情。于是，"腊"是招待的意思，"博"是商量的意思，那棵树也叫"腊博"，后来，"腊博"就有招待客人、敬祖先的意思。哈尼族在上新房、结婚、做习俗、拴线和举行仪式时都要有茶、酒、盐等，"诺博"在民间生活中具有重要社会文化教育功能。在哈尼族习俗中还有"茶为大"的说法，客人来时都是"来来来，先喝茶"，一般又用土罐煮茶招待客人。

布朗族以茶为生，"以茶为命"，是较早发现、认识和利用茶叶的民族之一。布朗族居住的景迈山平均海拔1400m左右，这里山高林茂、地形、气候和土壤条件十分适合普洱茶生长。一千多年前，

图4 中国少数民族特色村寨翁基古寨中正在拣茶叶的布朗族妇女（光映炯摄）

图5 电影《一点就到家》取景地
——普洱市景迈山翁基古寨（光映炯摄）

布朗族先民在迁徙途中发现野生茶林，于是在此定居并与傣族等世居民族一起，探索发展出了林茶互生、人地共荣的景迈山古茶林文化景观。在景迈山，苏国文先生再次给我们讲述了关于布朗族与茶的故事，先祖帕哎冷留下遗训，"我要给你们留下牛马，怕遭自然灾害而死亡；我要给你们留下金银财宝，你们也会吃完用完，就给你们留下肥沃的茶园和茶树吧。你们要像爱护自己的眼睛一样爱护茶树，一代传给一代，绝不能让它遗失。"为了把茶树与其他植物区分开来，帕哎冷将其命名为"腊"（所有的绿叶都叫"拉"，茶树为"long la"）。每年都有祭茶祖节，又分小祭和大祭，小祭每年一次，大祭每四年一次。景迈山现存5片保存完好的古茶林：芒埂-勐本古茶林、景迈大寨古茶林、糯岗古茶林、芒景上下寨-芒洪古茶林和翁基-翁洼古茶林，景迈古茶林山文化景观遗产申报区有芒埂、勐本、景迈大寨、糯岗、芒景上寨、芒景下寨、芒洪、翁基和翁洼9个传统村落，区内居住着傣族、布朗族、拉祜族、哈尼族、佤族等民族，更形成了"林中有茶、茶中有寨、茶生寨中、茶寨相融"的一幅人与自然和谐的文化景观。

云南各民族饮用茶习俗丰富多彩，有傣族的竹筒茶、烤茶（鲜叶），哈尼族的土锅茶、烤茶（鲜叶），布朗族的青竹茶、酸茶、喃咪茶，拉祜族的烤茶（鲜叶或毛茶）、竹筒茶，彝族的小罐烤茶（毛茶），德昂族的酸茶，佤族的瓦片烤茶（毛茶），基诺族的凉拌茶、包烧茶等，白族的三道茶，藏族的酥油茶，等等。这些民族茶俗都是可开发利用的旅游资源。近年来，国家《"十四五"旅游业发展规划》和《关于开展旅游资源普查工作的通知》等文件提出要全面开展旅游资源普查，以进一步摸清旅游资源家底，提高保护利用与管理水平，促进旅游业高质量发展，对于各地的民族茶文化旅游资源也急需深入而系统的整理、记录和保护，为茶文化旅游开发提供基础资料和重要参考。《云南省人民政府关于推动云茶产业绿色发展的意见》（云政发〔2018〕63号）中也明确指出要促进茶产业深度融合，加快中国普洱茶中心建设，充分体现"展示、交易、仓储、体验、科研、旅游"六大功能，大力促进茶产业与旅游的深度融合，传播云茶文化，以茶文化赋能茶产业，这为推进云南茶文化旅游发展提供了重要政策引导并有利于产生积极的社会效应。

3 以茶产业促进茶旅融合

"以茶促旅，以旅带茶，茶旅互动"。茶不仅能促进人的身体健康，还能通过产业带动边疆民族地区经济社会发展，"为群众谋利益"。

随着茶产业和旅游业影响力的逐渐提升，茶文化旅游已成为人们出行旅游的选择之一，茶文化旅游因其生态、健康、养生的形象，茶旅市场正蓬勃发展。在普洱，调研组重点考察了困鹿山古茶园、普洱茶中华博览苑、天士力帝泊洱生物茶谷和景迈山景区等。受疫情防控影响，调研组重点考察了西双版纳勐海县的云南省农科院茶叶研究所、大益庄园及大益馆、贺开古茶园、老班章村等。各级地方政府正大力推动茶旅融合发展，已初步形成以茶林、茶园、茶乡、茶山和博物馆、景区等为载体的观光休闲、度假康养、商务考察等茶旅产品，但在部分地区的旅游交通设施、旅游公共服务、旅游接待服务和旅游产品等方面并没有得到很好地开发，特别是游客前往部分茶山、茶庄园的可进入性、可游览性以及茶山与主旅游线路空间关联度等方面还有待提升。

宁洱镇宽宏村的小李带领着我们参观了困鹿山古茶园并介绍了困鹿山的旅游业现状。现在，政府已修建了一个观景栈道和观景台，村里有一个小的茶文化展厅；但是"这里没什么农家乐，也没有住宿客栈，要参与茶体验的活动要到茶叶初制所"。路上，我们遇到了一位带朋友来困鹿山旅游的茶人，她说"如果要住的话可以住她家，也可以去家里体验炒茶过程，在她家吃饭"。一位游客还告诉我们，"如果你要喝真正的古茶、好茶的话就要来这种'远点'的地方，这里禁止化肥和其他的茶叶进入。这里的茶比外面的

便宜，这里的茶叶质量让我们觉得更有保障，还愿意再来（重游）"。

普洱茶中华博览苑位于在距普洱市区29km的营盘山上，以万亩生态茶园为建设背景，青山环绕丘陵相拥，景区内由"普洱茶博物馆""村村寨寨""嘉烩坊""普洱茶制作坊""茶祖殿""品鉴园""采茶区""问茶楼""闲怡居"九个部分组成，依托哈尼族、傣族、拉祜族、佤族、布朗族5个普洱市主体少数民族独具特色的民族文化，把民族风情和普洱茶文化进行有机融合。

图6 普洱市中华茶博览园远眺万亩茶园
（光映炯摄）

天士力帝泊洱生物茶谷的产业园区以茶产业为基础，以茶科技为内容，以茶文化为传播，并以"产学研"合作方式开展普洱茶技术、标准、产品和安全功效等方面的研究，相继荣获"十大工业旅游示范基地""国家AAAA级旅游景区"等多项荣誉。2022年5月，中国农业国际合作促进会茶产业分会与中国茶产业联盟联合举办的全国茶乡旅游精品线路入围名单出炉，天士力帝泊洱生物茶集团的"帝泊洱生物茶谷"线路和腾冲市农业农村局申报的"腾冲高黎贡山茶旅走廊"成功入选"春季踏青到茶园""夏季避暑到茶乡"全国

茶乡旅游精品线路名单，积极推动了茶乡旅游发展并促进了茶产区三产融合发展。

随着景迈山知名度的提升，基础设施逐步完善，越来越多的游客来到这里，村民通过开办民宿、餐饮、节庆民俗体验、采茶制茶体验等旅游活动，吸引了国内外游客，提高居民的经济收入，不少景迈山茶农从单纯的种茶、卖茶逐渐走向了茶旅融合发展之路。2021年，景迈山入选美国《国家地理》杂志"最佳旅游目的地"。此外，2008年开业的景迈山柏联普洱茶庄园有733hm²茶园，全部通过中国有机认证、欧盟有机认证，是集茶叶种植、加工、旅游、文化等功能于一体的国内最早的普洱茶庄园之一，并已形成"吃住行游购娱"为一体的茶旅融合发展模式。

图7　景迈山古茶林（光映炯摄）

大益庄园占地面积100hm²，2007年开始对外营业，以深度了解和体验茶文化、茶马古道文化、茶生活体验为内容和特点，2011年12月被评定为国家AAAA级景区。2016年6月大益茶业集团、云南金孔雀旅游集团及云南省农业科学院茶业研究所围绕西双版纳州旅游发展战略和旅游市场需求调整实现了三方在"茶旅同行"上的战略联手，云茶庄园正式更名为"大益庄园"，建成了包括手工采制茶、茶道品饮

鉴赏、马帮文化体验、生态茶餐膳食和茶文化主题酒店等在内的普洱茶文化创意主题类的"休闲文创体验式庄园"，"人文茶餐，以茶入菜"是其重要特色，现已成为集民族文化旅游观光、科普人文教育体验和茶文化趣味休闲为一体的庄园式旅游度假胜地，大大促进了普洱茶文化、茶马古道文化和旅游文化的深入融合发展，增强了游客的茶旅体验。2017年8月，大益庄园被评为云南省文化创意与相关产业融合发展示范基地。大益庄园以"茶文化+旅游"为主题，带动周边茶农、旅游服务产业，帮扶解决周边村镇、村民就业，为周边村民提供较为稳定的工作岗位。目前，大益庄园（茶马古道景区）是勐海县内最为完整的普洱茶文化对外展示地，已吸引游客15万余人。大益馆则以博物馆形式全方位地向游客展示了大益集团的发展历史、重要藏品、制作技艺和大益精神文化。

贺开古茶园是国内迄今保存较好、连片面积较大的古老茶山之一，连片面积约1066.7hm²，现有古茶树230余万株，茶山上聚居着云南特有的少数民族拉祜族。2019年12月入选第二批国家森林乡村名单，2021年11月入选云南省2021年度美丽村庄名单。2011年，贺开村引进云南六

图8　电视剧《让我听懂你的语言》取景地
——大益庄园茶语亭（陈红伟摄）

大茶山茶业股份有限公司，就贺开古茶山开展旅游投资，现已建成贺开庄园半山酒店、普洱茶博物馆、普洱茶档案馆、古茶树初制精制体验中心等，贺开庄园是半开放式茶庄园，游客须由讲解员带领才能游览普洱茶博物馆和进行茶加工体验活动。同时，贺开村不断开发旅游配套系列产品，在管理好茶叶专业合作社同时建有百润庄园等旅游酒店，形成了"茶文化+旅游"发展模式，疫情前每年吸引游客约5万多人。

不论在茶山、古茶园还是茶企、茶林景区，茶产业的发展都是茶旅融合发展的重要基础和重要条件，茶的种植、采摘、加工、体验和科技等都是游客观光、参与和体验的重要内容和重要旅游资源，茶产业和茶文化、茶科技的融合也深深地嵌入在茶旅融合发展之中。讲好普洱茶品牌、品质和品味的故事，保护性开发茶文化旅游才能有利于促进三茶融合和云南茶旅融合的绿色发展之路。

4 以品牌引领茶旅融合高质量发展

"勐海茶，勐海味"，那么，"云南茶"的"云南味"是什么？

2021年农业农村部、国家市场监督管理总局和中华全国供销合作总社发布的《关于促进茶产业健康发展的指导意见》中要求统筹茶文化、茶产业、茶科技，贯通产加销、融合农文旅、加快品种培优、品质提升、品牌打造和标准化生产，提高茶产业链供应链现代化水平，打造茶产业全产业链，拓展茶产业多种功能，提高茶产业质量效益、竞争力和可持续发展能力。同时，要积极推动茶文旅融合，开发茶文旅融合新业态，打造茶旅精品线路、精品园区和特色小镇。"云茶"产业是云南的传统优势特色支柱产业，对推动云南

乡村特色产业发展，促进农民增收具有重要意义。做强做大"云茶"产业，培育和打造特色品牌是必由之路。近年来，普洱市正积极打造普洱茶文化主题街区、茶林半山酒店、乡村民宿，做好茶旅融合文章，努力建设国际生态旅游胜地；同时以景迈山古茶林文化景观申遗为契机，高标准建设普洱茶博物馆、景迈山田园综合体等项目，把景迈山打造成为全省乃至全国知名的乡村振兴示范园。

图9　勐海茶文化街景（陈红伟摄）

茶旅融合的"勐海模式"已逐渐彰显特色，勐海以"生态立茶"为核心，以自然景观和民族文化的结合为支撑，依托勐海茶品牌，旅游业获得长足发展。在提出建设"中国普洱茶第一县"目标的同时构建了以城市品牌、区域品牌、企业品牌为核心的品牌体系，形成了以"勐海茶+科技创新+文化旅游+康体养身+学习体验"为重点的"勐海茶+"的全域旅游产业链，通过一片叶子，初步形成了具有勐海特色的茶旅融合发展模式。据了解，勐海目前正加快建设普洱茶工业旅游、七子饼茶文化旅游环线、半山酒店、大益庄园升级改造、勐混农业特色观光小镇和曼先国际旅游度假区等一批项目建设，并以构建智慧化旅游服务体系为目标，加快5G网络、人

工智能、区块链等场景开发和应用进程，开发沉浸式、体验式线上智慧旅游产品，构建"游前、游中、游后"的全过程智慧化服务体系。2015年，雨林古茶坊庄园落地勐海县，目前主要接待代理商并提供茶山行旅游活动，将古树茶产品研发、古树茶原料仓储、古树普洱茶文化体验与民族茶文化相融合，"富百姓、兴文化、美家园"，是全国先进基层党组织、州民族团结进步工作示范单位，以党建引领茶产业发展，成为西双版纳民族团结进步事业的一个缩影。

《云南省人民政府关于推动云茶产业绿色发展的意见》中指出，加大招商引资力度，鼓励采取内引外联、资源整合、股份合作等方式，打造一批茶叶龙头企业。完善交通基础设施，结合当地自然风光、民族风情、民俗美食等，打造一批茶特色小镇、美丽茶乡村、家庭农场、秀美茶园、茶休闲观光主题公园等，打造形成茶产业三产融合示范区；要引导茶企在茶区建设茶体验场、茶产品展示购物店、茶文化吧等，传播普洱茶文化，拓展茶功能，延伸产业链，提高茶产业综合效益。2022年8月，云南省农业农村厅颁布的"10大名品"和绿色食品"10强企业""20佳创新企业"名单中，勐海"陈升号""雨林古茶坊""六大茶山"、普洱"龙生""澜沧古茶""天士力帝泊洱生物茶"、大理"下关沱茶"、双江"勐库"、腾冲"高黎贡山"生态茶等企业榜上有名；同时，云南的茶企、茶商和茶农们借助互联网营销，开启了茶产业"互联网+云茶"的新时代。通过打造一批茶业龙头企业，鼓励支持各地各行业及茶企充分依托茶资源，进行资源整合，促进茶旅有机结合。

2022年5月21日，第三个国际茶日对中国茶文化宣传起到了积极作用，各地也举办茶文化旅游节等各种活动，中国普洱茶文化旅游节、高黎贡山茶文化节、基诺山的"老博啦"茶文化节庆和各种茶博会、斗茶比赛等汇集、传播和传承着丰富的地方茶文化。茶产品的品鉴与展销中包含了茶产业发展、茶企文化和茶科技的联动和融合，普洱市以数字赋能普洱茶产业发展，建设普洱茶品质区块链追溯平台，构建茶产业全产业链大数据，并以普洱市原产地的地理条件和气候环境优势为基础制定完善普洱茶仓储技术标准，推进仓储平台建设，为客户提供专业的普洱茶仓储方案，通过数字技术提高产品竞争力。尤其传统茶企在转型升级中与现代技术的结合中，将茶产业的优势转化为竞争优势，围绕"产业+科研""产业+文化""产业+旅游"等多业态布局，打造集生产、加工、展销、科研、宣传、旅游、商务等于一体的全产业链。

茶文化旅游是现代茶业与现代旅游业交叉结合的一种新型旅游模式，茶旅融合推动了茶产业的发展，是提升品牌知名度的有效途径。目前，云南省已推出云茶10条精品茶旅线路"寻根易武、品味勐海、揽胜景迈、茶源普洱、探秘临沧、滇红之旅、魅力大理、边地腾冲、秀美德宏、茶马古道"。"茶源普洱"的推荐线路是：景谷—镇沅县千家寨—宁洱县那柯里茶马驿站、困鹿山—思茅区中华普洱茶博览苑、茶马古道旅游景区—澜沧县景迈山古茶林和古寨；"品味勐海"的主要内容是勐海县南糯山栽培型古茶园、茶王树及哈尼族茶俗；贺开万亩连片古茶园及拉祜族茶俗；布朗山古茶园及布朗族茶俗；老班章、帕沙等普洱名寨及民族茶俗；滑竹梁子野生古茶树居群及高山风光；勐海八公里茶产业园；云南省农科院茶叶研究所及大益庄园等。西双版纳推荐的茶旅线路是：景洪—大渡岗万亩茶园—基诺山（攸乐山）—孔明山—易武古镇—布朗古茶山—贺开古茶山—景洪；同时还推出了红色茶旅线路，从"中国普洱第一县"勐海、"红色旅游小镇""中国贡茶第一镇"勐腊易武镇等优势资源出发，围绕茶这一主题，将茶区建成旅游景区、将茶园建成休闲公园把采茶劳动变成旅游体验、把茶叶产品开发成旅游产品，将大益庄园、勐巴拉雨林小镇、易武茶博物馆、南糯古茶山等古茶园体验游、生态茶园风情游等茶旅目的地串联，讲好西双版纳红色茶旅故事。临沧的"滇红茶""冰岛茶""昔归茶"等是国内外知名茶品，临沧也围绕讲好临茶故事、提升茶旅品质、推出茶旅精品线路、采取了一系列措施打造产品体系，重点在凤庆、勐库和冰岛等地推出研学康养、亲子游和休闲度假旅游产品等。

图10 位于勐海城郊的云南省农业科学院茶叶研究所（陈红伟摄）

5 几点建议

茶文化、茶产业和茶科技的"三茶"统筹大大促进茶文化旅游体验和茶文化旅游消费的高质量提升，尤其通过"茶+旅游"的产业整合促进了地方茶产业与第三产业的融合，但一方面受茶产业发展中茶种植、茶加工、茶仓储等品质影响，另一方面受旅游交通、旅游服务设施等旅游发展因素制约，在数字科技赋能茶产业、茶文化旅游资源内涵挖掘、茶文化与旅游产业融合深度、茶文化旅游产品消费质量等方面还有待进一步提升。为促进民族地区茶旅深度融合，提升茶文化旅游高质量发展，调研组建议：

一是树立绿色发展理念。茶旅融合离不开茶产业为基础，茶产业的发展离不开茶树、茶园、茶山及其保护。"绿水青山就是金山银山"，要加强产茶区名山古茶树和古茶园资源及其生态环境的保护，落实相关古茶树、古茶园的保护条例和管理办法，实行保护性开发策略。

二是优化茶产业市场环境。建设好生态茶、绿色茶、有机茶，形成规模，提高茶叶生产加工销售质量，通过地理标志产品的使用权、有机茶认证等手段规范茶叶市场，引导大众理性消费，合理消费，如严格执行各级各类茶叶产品的国标、地标、团标、企标等，并落实《生态茶园建设指南》及《云南省茶叶初制所建设管理规程》等茶叶初制所和茶业合作社的规范化管理，提升茶文化旅游体验品质。

三是打造精品茶文化旅游线路。通过对云茶的类型、品种等梳理，加强"云茶"文化系列特别是民族茶文化研究，推进落实《云南省人民政府关于推动云茶产业绿色发展的意见》，构建围绕"看茶树、摘茶叶、游茶园、入茶山、制茶叶、品赏茶、吃茶餐、住茶宿、消费茶"为内容的精品旅游线路，打造一批观光、研学、体验、休闲、度假、康养等茶旅一体示范区，全面提升"吃住行游购娱网厕"等旅游要素品质，拓展茶旅融合新业态和

延伸发展全产业链。

四是提升旅游接待服务和管理。在保护茶山环境和茶树生态质量的前提下，提高茶山行的可进入性，可通达性，改善现有观光、游览、休闲的旅游服务环境，加强茶文化旅游专业人才培养，提升茶农参与旅游发展意识，可通过茶艺师、评茶员、制茶师、新媒体等相关专业知识的培训，提升旅游从业人员对茶知识掌握的专业性，拓宽新媒体营销方式，促进茶文化旅游从业服务和管理高质量发展。

五是深化"三茶"融合，促进茶旅消费高质量发展。在"三茶"统筹发展中，茶产业是重要基础，茶文化是重要内容，茶科技是重要手段，茶旅融合是重要路径。以滇西南普洱茶产业为例，茶产业走上了从农业普洱到人文普洱再到数字普洱的发展之路，以文化塑魂，以产业振兴，以科技创新，将"三茶"有机统筹，充分发挥茶产业的旅游富民效应。

调研路上，茶树花开，又进入谷花茶采摘季了。调研组走进古茶林、古茶园、古茶山，调研茶企、游览庄园、茶博览苑、工业旅游地，进山览寨，入园观茶，实地走访，深切感受到了云南的秀美自然风光、民浓郁族风情、独特人文景观、深厚历史文化，感受到了以茶为媒、以茶为文、以茶为魂的茶文化旅游魅力，体会到茶旅融合发展的"云南模式"，一路之行都有茶花、茶香、茶味、茶人相随相伴，在去往"诗和远方"的路上，最美风景莫过于"茶香醉人"。

苏其良与昔归茶叶农民专业合作社

文、图：许文舟/云南凤庆

图 1　临沧市昔归古茶园

一

到昔归采访，绕不开苏其良。

这位省级团茶制作传承人背后，不得不写一个与昔归茶有关的重要人物苏三宝，也就是苏其良祖上的苏三宝大人。1829年出生在楚雄州双柏县大庄镇一个汉族农民家庭的人，却与昔归茶挂上了关系。

苏三宝少年习武，练就一身好武艺，长大后流落到了嘎里铜矿做苦工，后来参加杜文秀、李文学领导的农民起义，因战功卓著被杜文秀授为"征东大将军"，驻兵嘎里（小厂街），并兼嘎里铜矿头领。后来苏三宝被朝廷招安封为"义勇正图董"，并赏花翎副将军衔，但因不识文断字，没有去任职，留在嘎里当土豪，人称"苏三大人"，控制着无量山以西的曼等、景福、永秀、里崴、振太等地区。后又因参加平叛有功，清廷把缅宁（临翔区）的平村、邦东的澜沧江嘎里渡封赐给苏三宝。

在苏三宝控制嘎里渡口的40多年里，因景东人过江要从西方的临沧归来，就把嘎里渡称为"西归渡"，再后来就称"昔归渡"。苏三宝从邦东找来茶苗，在临沧县昔归渡的忙麓山开地种茶，男人以划船打鱼为主，女人以种茶为业。因在忙麓山种茶时把山中的大树保留了一部分，使昔归今天形成"林中有茶、茶中有林"的风景。

苏三宝还在景东县长发山的"大扁山炮台"边开垦茶园，让看守炮台的人也兼做茶工，目前还保留有古茶树500余株，成为当地最名贵的茶叶。苏三宝还开设"允丰号"从事铜矿、食盐、茶叶等经营活动，有多个马帮来往于景东、云县、临沧各地，在澜沧江两岸称霸40余年，成为不向晚清朝廷纳贡上税的"土皇帝"。苏三宝家族在民国初年被政府派兵剿杀，家财被洗劫一空，后来蔡锷主政云南，判归还土地房产给苏三宝后人。

苏三宝在100多年前无意间种下的这几百亩茶树，如今成为后人一座采之不尽的"金矿"。在昔归采访，年长的还能说出苏三宝的往事，更多的人则认为苏三宝为昔归茶立了功，因为在他的倡导下，忙麓山才开始有了规模不小的茶叶种植。

图2　昔归嘎里古渡

二

茶季虽然结束，苏其良还是很忙，客厅里都是省外的客商。有人等了数日，要看他亲手展示团茶制作功夫；有人风尘仆仆，为的是签到一单明春的头采。进屋落座，苏其良早就给我安排了采访时间，43岁的苏其良身上，除了能看到一个茶人该有的谦和，还看到了他身上不同一般的艺术气质。放在客厅的吉它与尺八，是苏其良除茶之外的爱物。苏其良说，本该从2004年的茶开始喝，那样才能喝出他一路走来的艰辛，有限的时间里，他最后只安排了两款茶给我。去年的秋茶，明显有细若游丝的稻香；今年的春尖，感觉有很强的茶气。苏其良告诉我，昔归茶园分布在海拔750～900m的半山一带，海拔较低，但背靠临沧大雪山，面朝澜沧江，江雾升腾，山峦相阻，雾气便在山间聚集，形成了"雾气多、湿度大、日照强度低、早晚温差大"的河谷气候，年平均气温21℃，年降水量1200mm。茶园浸润在云雾中，茶树吸收山川灵气，孕育出了丰厚内质。昔归茶外形白毫显著，有独特的兰香和冰糖香，茶汤滋味厚重，回甘快而持久。形成这些品质特征的原因很多，但归纳起来主要有几个方面，一是位于澜沧江畔的昔归，常年云雾缭绕，空气湿度大，使茶叶芽叶持嫩度更高，且长得也更快。而阳光穿过云雾照射，又形成茶树非常喜欢的漫射光；二是昔归的土壤为富含矿物质的红色土壤且多含"羊肝石"碎块，土质疏

图3　昔归古茶树

松，有机质和微量元素丰富。因此昔归茶在滋味上有了岩茶的岩韵和幽然的兰花香；三是昔归区域特有的品种"邦东大叶茶"，是云南省优良地方群体品种之一。且当地居民使用"顶留叶、侧修枝、隐清除"的"藤条茶采养方式"养护茶树，让茶树充分发挥顶端优势，形成了丰富的内含物质和优良、独特的茶叶品质。

苏其良的故事，一说话就长。先要感谢他的恩人，那个让他回家做茶的老板。2003年，苏其良在昆明福宝文化城餐厅打工，有次回家过年后顺便带回点昔归茶，厨师长喝后直接把茶推荐给了公司老总。第二天，苏其良就被人通知到总部，公司老总赶到后第一句话就是"你可以走了"，并拍了拍他的肩膀说："你在我这里只会耽误你，你还是回到你老家昔归做茶去吧，茶才是你出路。"苏其良后来知道，是老总喝了自己带去的茶，觉得这茶滋味醇厚，香气充分，回甘持久。苏其良还在犹豫不决，老总已安排财务部结清了他的工资，有点逐出门的味道。

苏其良回到昔归，便开始四处借钱，做茶生意总也得有点本钱吧。可惜，那时昔归人家家户户都还很穷，根本没有什么闲钱，老母亲变卖了家里的几头猪，才凑了点收茶的资金。功夫不负有心人，仅2004年一年，苏其良就赚了10多万元。2005年，靠一张大铁锅，苏其良的茶叶作坊就算开张了。请了制茶师傅，自己从零学起，这一年的春茶，差不多变成了学费，不是炒焦变糊，就是揉捻不充分，第一桶金就差不多都废在了制茶上。在父亲的支持下，苏其良再筹措资金，重新开始。说到这里，苏其良带我去看了那被珍藏起来的大铁锅，并品尝了当年做出的第一饼茶。17年了，茶气是淡了，但仿佛还能闻到他年轻时那种闯劲与坚韧。

三

一路走来，苏其良也吃过盲目的亏，2007年，他跟在别人身后在一片茶叶上狂欢，破灭的命运却已悬临。好多茶商一夜之间本息俱无，苏其良也为此背上了20多万元的债务。有人另辟蹊径，而他依然没放下茶，几度拼搏，为日后的昔归茶复兴打下基础。2012年底成立茶叶专业合作社，把带动全村致富的担子肩在身上，28户80人会员，一带一，户帮户，最终都成为在一片茶叶上发家的赢家。而2014年成立昔归茶叶协会，无数次开诚布公地讨论、辩难，只为让昔归茶事业发展顺利些再顺利些。

作为昔归茶领头羊，苏其良外表儒雅，内心狂热，有时自信得有些倔强，一谈到昔归茶马上露出他对茶行业真知灼见。就是自己祖下传下的团茶制作，他也会毫无保留地传授。在传统的摊晾萎凋、铁锅杀青、揉捻、太阳晒干、甑子蒸软，用棉质白布包裹揉捏成团的做法上，总是

图 4　苏其良（右）在制作团茶

加了他个人近20年的摸索与体会。就是这样一个团茶省级非遗传承人，他始终信奉三人行必有我师，每年茶季结束，他都会寻访名茶山拜见老茶人，努力丰富自己。

苏其良带我去朝见昔归茶王，让我再一次感受到了昔归茶农对茶的崇敬。抱拳鞠躬，再跪地叩头，不做给天看不做给地看，是让我自己对茶的爱有种仪式感。一棵古茶树面前，苏其良无限感慨，他没有利润的标高，更没有称第一的雄心，为茶，一时愉悦也一时沮丧，庆幸的是坚持，就有了善的果实。

清末民初《缅宁县志》记载："种茶人户全县约六、七千户，邦东乡则蛮鹿、锡规尤特著，蛮鹿茶色味之佳，超过其他产茶区"。这里说的蛮鹿，现称为忙麓，锡规现称为昔归。走在昔归村子里，每家都有现代版本的茶室，有的茶室比城里的豪华。人们在封包、称重，一片树叶就算上路了。与一片树叶相反，那些早年出去打工的年轻人，则纷纷回到昔归，说实在的他们并不是厌倦浮华矫情的都市生活，而是对自己故乡的这片土地燃起了新的希望。

每天，苏其良都要到昔归茶核心区走一走，他要指导茶农规范化管理茶树，杜绝违规行为。当然，这里有他的古茶园。坐在茶棚下，喝着用山泉烹制的昔归茶，那是一种神仙的生活。苏其良虽然属于昔归茶人中的翘楚，但他一直在完善自我、追求更好的路上。十年里，只有小学文化底子的苏其良圆满完成了某大学学业，从最初连填一张表册都困难的他，现在可以写一些制茶的经验报告。也是在近十年间，他完成了对云南所有茶区的探访，结交了一批云南茶界精英，也通过交流提升了自己。他始终觉得，做茶就要学会做人，茶是永远学不完的，因此，在苏其良身上，我看到了茶人那种谦逊与友善。

四

苏其良的昔归茶叶农民专业合作社位于云南省临沧市临翔区邦东乡邦东村忙麓山，属于偏远山区，距离村委会12km，距离乡政府16km，海拔750m。自2007年至今，当地村民主要经济作物是茶叶，古树茶居多，新的茶叶基地培植也在迅速增加，目前的昔归村是真正的茶叶小镇，特别是昔归古茶区现在已是远近闻名的名山茶区。随着宣传的到位、旅游的升温，近年很多茶叶爱好者和茶叶销售加工企业也纷纷慕名而来，并与本地的茶农建立了良好合作关系，实质性的提高了当地百姓经济收入。以昔归为基点，四面开花式覆盖整个邦东茶区及附近乡镇，不仅带动了整个邦东村的农业经济及周边乡镇经济发展，甚至对整个临沧的农产品经济发展也起到了积极的影响，因此茶叶也成为了当地百姓的经济支柱产业。

图5 昔归茶叶农民专业合作社
（昔归团茶传承馆）大门

昔归茶叶农民专业合作社于2012年底建立，发起人是苏其良，所有12名合资成员均为当地农户，总投资260万元，经营项目是茶叶种植、加工和销售。截止2020年初，合作社整合管理忙麓山茶区超过三分之一面积，古树茶区面积1600hm²，新植茶区4180hm²，办公区1hm²，拥有4台杀青机、6台揉捻机和4台解块机，固定员工16人。合作社所有茶园全面实施无公害管理，虽然直接加大了管理成本，但这也给昔归茶叶良好口碑奠定了坚实基础，有利于茶产业的可持续健康发展。在苏其良的日记本上，他给我看了一组数据。2014年至2020年，茶树修剪、茶园除草、松土共用工1599个，购进粘虫板共18万片，有机肥78t。昔归茶叶农民专业合作社主要经济收益是毛茶加工销售。自建社至今，公司拥有大型合作商及收藏客户共109个，合作社用自己的实力和良好信誉赢得了全国乃至世界各地茶叶经营者和爱茶人士的亲睐和信任，并与此建立了良好长期合作关系。

作为一名农民创业者，不论技术还是资金都是慢慢累积中，机器设备的更新也是刻不容缓。离开昔归时，苏其良对我说：欣闻国家有对典型农业项目有扶持帮助，鼓励健康农业发展，希望国家和地方农业部门给予扶持和帮助，为合作社更新茶叶加工设备分担一些资金压力。我们合作社将加大产品收购数量，为当地农民朋友增收创收，为邦东农业发展做更多贡献，让邦东乡变得更美好，人民更幸福。

图6　作者（左）与苏其良在昔归茶王树下

勐海陈升茶业有限公司

企业基本情况

图 1　位于勐海八公里工业园区的陈升茶业有限公司

　　勐海陈升茶业有限公司由专家型企业家陈升河先生于2007年在中国普洱茶第一县——勐海创立，公司位于勐海八公里工业园区，占地13.33hm²，拥有数万平方米的标准厂房和一流的普洱茶专业加工设备。2021年10月开工建设的《年产3000t普洱茶系列产品生产基地建设项目》，占地5.97hm²，概算投资3亿元，总建筑面积12.79万m²，预计2023年底将投入使用。

　　陈升茶业严格规范生产经营管理，以精益求精的理念，打造大树茶专业品牌"陈升号"，全面通过国家质量管理体系、食品安全管理体系、绿色食品等认证。为了保证原料质量和供给稳定，公司从2008年开始，先后建立了老班章、南糯山、那卡、易武四大基地，通过"公司+基地+农户"的紧密合作模式，与茶农签订长期合作协议，合作古茶园面积过万亩，基本涵盖了名优普洱茶产区的核心资源。目前，陈升茶业拥有近500家具备一定规模和实力的品牌专营店，遍布全国31个省（自治区、直辖市），产品远销韩国、日本、新加坡、新西兰、马来西亚等国家，品牌蜚声海外，为弘扬中华茶文化作出了贡献。

　　成立十五年来，陈升茶业蓬勃发展，荣获"中国驰名商标""农业产业化国家重点龙头企业""全国民族团结进步创建活动示范企业"；连续九年荣获"中国茶业行业综合实力百强企业"；连续五年荣获云南省"10大名茶"（云南省唯一一家连续五年获得10大名茶的企业）等殊荣。

图2 陈升茶业荣获"全国民族团结进步创建活动示范企业"和"农业产业化国家重点龙头企业"

企业品牌文化

"陈升号"创立伊始，就明确定位为中高端品牌，专做大树茶产品，以"陈升号，大树茶味道……"为口号；以"让茶农、员工和经销商一起富起来"为理念；以"为天下人做喝得起的好茶，为爱茶人士做称道的好茶"为信念；以"陈升普洱，给您带来健康、快乐、幸福"为追求；以"做中国最好的普洱茶品牌"为目标。

图3 "陈升号"荣获"中国驰名商标"

陈升号产品生产秉承一丝不苟、精益求精的匠人精神，品牌创始人陈升河先生，自年少涉足于茶，至今五十余载，制

茶技艺炉火纯青，2021年1月荣获中国茶叶流通协会"制茶大师"荣誉称号。品牌传承人陈柳滨先生，从小跟随在父亲陈升河先生的身边学习制茶，耳濡目染，也练就了过硬的茶叶研配生产技术，获得"茶叶

图4 陈升河、陈柳滨父子传承制茶技艺

加工工程师"称号。

陈升号品牌生产经营管理，始终坚持"家人"文化，无论是与公司合作的茶农、经销商，还是员工体系，皆以"陈升家人"为称呼，日常工作开展过程中相互信任、互帮互助，共同进步创造佳绩，追求百年品牌、百年老店的共同梦想。

企业技术创新

2008年陈升茶业建立老班章基地，首创透光晒青棚，解决了茶叶初制环节晒青过程中遇到阴雨天难以晒干，导致茶叶品质变坏的问题，此举得到了当地茶叶协会和行业服务机构的认可，茶山茶农纷纷学习推广，如今已经在普洱茶产区广泛应用。

为了避免柴火砍伐破坏森林，践行"绿水青山就是金山银山"的发展理念，陈升茶业投入大量人力、财力，研究在保证茶叶品质的前提下，用液化石油气代替薪柴制作（杀青）茶叶的技术，取得了优秀成果，并在四大基地率先推广使用，得到了州、县相关部门单位的高度认可。2016年11月28日，"全州农村液化石油气替代薪柴制茶推广工作现场推进会"在陈升茶业南糯山半坡老寨基地隆重召开，促进了相关技术在西双版纳茶区的推广。

图5　陈升号经典普洱茶产品

企业社会责任

陈升茶业始终感恩党的领导，以及各级政府部门单位创造的公平公正、规则完善、健康向上的经营环境，公司成立以来积极履行社会责任，依法纳税，助力扶贫攻坚和防疫事业，热心参与社会公益活动，关心员工、诚信经营等。

2011—2012年，陈升茶业被勐海县国家税务局评为"纳税先进单位"，目前，公司纳税额突破千万元，在一定程度上促进了地方经济的发展。

2016年，陈升茶业积极响应勐海县人民政府"百企帮百村"的扶贫号召，结合企业实际选定西定乡曼马村、曼迈村作为挂钩扶贫点，收购农户滞销农产品，并签订收购协议，保证村民稳定收入。另外，公司派遣专业制茶师傅，深入村寨教授制茶技术，以"授之以鱼不如授之以渔"的扶贫理念，提高村民制茶水平，提升茶叶品质增加收入。2020年新冠疫情发生以来，陈升茶业多次捐赠物资，用于抗疫防疫，每年年底，公司都要到布朗山、西定乡等边境乡镇、堵卡点捐赠物资，支援防疫第一线。

多年来，陈升茶业热心参与各类公益事业，如出资赞助央视大型公益栏目"等着我""爱的分贝"等；2017年11月公司成立十周年庆典开幕式上，为中国人口福利基金会捐资200万元，用于救助唇腭裂儿童；捐资修建格朗和乡文化广场、陈升老班章大道、南糯山半坡老寨道路硬化工程、那卡社房及村民活动广场等；为广东省公益促进会出资颁发2015年度"圆梦大学"助学金；资助勐海县各乡镇部分贫困学生完成学业。陈升茶业多年来累计投入公益事业资金上千万元。

陈升茶业以"让茶农、员工和经销商一起富起来"为经营理念，不定期组织员工培训学习，夯实员工专业技能，提升收入水平，为员工打造舒适安逸的生活环境，建立"陈升之家"，丰富员工业余生活。

陈升茶业始终坚持诚信立企，依法合规生产经营，打造品质过硬的大树茶产品，让消费者买的放心、喝的安心，多年来从未出现过产品安全问题。陈升号作为连续五年荣获云南省"10大名茶"的品牌，产品被相关部门单位作为优质云茶代表，走向全国甚至海外舞台，弘扬中华茶文化。

图6 陈升河董事长（右）为客户讲解普洱茶

走向未来的陈升茶业

中国是世界茶源，拥有灿烂悠久的茶文化，千百年来，中国茶漂洋过海，搭建中国与世界各国经济文化交流的桥梁，睦邻友邦，茶和天下。

彩云之南宝贵的大树茶资源，是大自然的宝贵馈赠，也是老祖先留给子孙后代的珍贵财富。陈升茶业立足茶区源头，凭借资源优势、匠心工艺、渠道资源，全力打造大树茶专业品牌"陈升号"，力求

"做中国最好的普洱茶品牌"，向成为民族品牌、世界品牌以及百年老字号品牌的梦想奋进。

党的二十大报告指出"全民推进乡村振兴，坚持农业农村优先发展，巩固拓展脱贫攻坚成果，加快建设农业强国……"陈升茶业立足边疆古老茶区，拥有老班章、南糯山、那卡、易武四大基地，与上千户茶农合作，下一步将夯实合作成

果，坚持互利共赢，推动合作进程顺利开展，提高茶农收入水平，持续把先进理念、技术等带到茶山村寨，促进茶山乡村振兴事业。

未来十年，是陈升茶业从品牌普洱向科技普洱转型升级的关键阶段，陈升茶业已经与云南农业大学茶学院、滇西应用技术大学普洱茶学院、云南民族大学等高校建立了战略合作，加强专业人才培养，践行党的二十大报告"深入实施人才强国战略，坚持尊重劳动、尊重知识、尊重人才、尊重创造，完善人才战略布局……"的

指导思想。全资成立勐海陈升农业科技发展有限公司，与云南省农业科学院茶叶研究所签订战略合作协议，开展科研研究，促进成果转化，为平稳步入科技普洱阶段奠定牢固基础。

2023年，随着公司《年产3000t普洱茶系列产品生产基地建设项目》建成投产，将打造一流的规模化茶叶生产流水线，应用行业领先科学信息管理技术，建立健全仓储等配套设施，企业将迎来全新发展，谱写辉煌篇章！

图 7　勐海陈升农业科技发展有限公司与云南省农业科学院茶叶研究所签订战略合作协议

"中国传统制茶技艺及其相关习俗"列入
联合国教科文组织人类非物质文化遗产代表作名录

编辑部

2022年11月29日，由中国44个国家级非物质文化遗产代表性项目和中国茶叶博物馆、中国茶叶学会、浙江大学茶叶研究所参与申报的"中国传统制茶技艺及其相关习俗"在摩洛哥拉巴特召开的联合国教科文组织保护非物质文化遗产政府间委员会第17届常会上通过评审，列入联合国教科文组织人类非物质文化遗产代表作名录。

"中国传统制茶技艺及其相关习俗"是有关茶园管理、茶叶采摘、茶的手工制作，以及茶的饮用和分享的知识、技艺和实践。在44个国家级非物质文化遗产代表性项目中，传统制茶技艺有39个，其中福建6个、云南5个、浙江4个、安徽4个、江苏3个、江西3个、湖北3个、湖南3个、四川2个、北京2个、贵州1个、广西1个、河南1个、陕西1个；相关民俗有5个，其中浙江2个、云南1个、广东1个、广西1个。

云南省共有6个国家级非物质文化遗产代表性项目参与本次世遗申报，分别是普洱市宁洱县的普洱茶制作技艺·贡茶制作技艺（2008年列入国家级非遗代表性名录）、西双版纳州勐海县的普洱茶制作技艺·大益茶制作技艺（2008年列入国家级非遗代表性名录）、大理州大理市的下关沱茶制作技艺（2011年列入国家级非遗代表性名录）、临沧市凤庆县的滇红茶制作技艺（2014年列入国家级非遗代表性名录）、德宏州芒市的德昂族酸茶制作技艺（2021年列入国家级非遗代表性名录）及大理州大理市的茶俗·白族三道茶（2014年列入国家级非遗代表性名录）。

图 1　德昂族制作酸茶

图 2　白族三道茶茶艺展示

云南省农业科学院茶叶研究所何青元所长当选中国茶叶学会副理事长

编辑部

2022年11月10日，中国茶叶学会第十一次会员代表大会在浙江省仙居县召开，来自全国24个省、直辖市、自治区及澳门特别行政区的171名正式代表线上线下参加会议。会议选举产生了第十一届理事会和监事会，云南省农业科学院茶叶研究所（以下简称"茶叶所"）所长何青元研究员当选中国茶叶学会副理事长，并受聘为中国茶叶学会茶叶加工专业委员会主任委员。

何青元，1971年2月生，云南省勐海县人，中共党员，研究员。现任茶叶所党委副书记、所长，兼任中国茶叶学会副理事长、中国茶叶学会茶叶加工专业委员会主任委员、云南省茶业协会副会长、云南省高原特色现代农业专家顾问团茶叶专家组成员、云南省打造世界一流"绿色食品牌"茶叶专家组成员、云南省第165职业技能鉴定所所长、西双版纳普洱茶研究院院长、中国"勐海茶"研究中心主任、《云南茶叶》主编等职。

何青元1994年7月毕业于云南农业大学茶学专业并分配到勐海茶厂工作，2001年6月调入茶叶所，2012年5月至2016年5月，挂职勐海县人民政府副县长，主抓勐海茶产业发展和工业园区建设，为成功打造"中国普洱茶第一县——勐海""勐海茶·勐海味"做出了积极贡献；先后主持和承担国家、省重点项目50余项；主编出版专著9部，副主编出版专著6部，在国家级、省级刊物上发表科技论文100余篇；培训茶叶加工、审评及茶园管理人员2万余人；积极推动茶叶所所址由勐海县变更为昆明市，为云茶产业高质量发展而努力奋斗，是"笃耕云茶的践行者"。

图1　何青元副理事长主持2022全国茶业创新研讨会专题报告

云南省农业科学院茶叶研究所刘本英研究员入选云南省有突出贡献优秀专业技术人才

编辑部

2022年12月16日，《云南省人民政府关于2022年度云南省有突出贡献优秀专业技术人才和享受云南省政府特殊津贴人员的决定》（云政发〔2022〕54号）公布，云南省农业科学院茶叶研究所（以下简称"茶叶所"）刘本英研究员入选云南省有突出贡献优秀专业技术人才（二等奖）。

刘本英，男，1972年11月生，湖南省辰溪县人，中共党员，博士，研究员，硕导，云南省技术创新人才，云南省引进高层次人才，现任茶叶所党委委员、副所长、云南省茶学重点实验室主任，兼任农业农村部茶叶专家指导组成员，云南省高原特色现代农业专家顾问团茶叶专家组成员、云南省打造世界一流"绿色食品牌"茶叶专家组成员、云南省现代农业（茶叶）产业技术体系岗位专家等职。

刘本英2009年博士毕业于中国农业科学院研究生院，同年进入茶叶所工作至今，先后主持国家自然科学基金、农业部有关项目及云南省重大科技专项等各类科研项目20余项；在国内外学术期刊发表论文100余篇，其中SCI 12篇；主编出版专著5部，副主编出版专著4部；获云南省科技进步一等奖1项、二等奖1项、三等奖3项、西双版纳州科技进步一等奖4项；获茶树新品种保护权2个，茶树新品种登记3个，专利17项，软著权15项；制定国家标准2项，地方标准2项，企业标准4项。

图 1　刘本英研究员